les
paruraux

Nouveaux spécimens
apparus pendant le Covid-19

les paruraux

moitié parisiens, moitié ruraux

Marion Kremp et Michael Prigent

58, rue Jean-Bleuzen, 92178 Vanves Cedex

Direction : Catherine Saunier-Talec
Responsable artistique : Charles Ameline
Responsable d'édition : Lisa Grall
Édition : Florine Marguin
Conception graphique et illustrations : Michael Prigent
Textes : Marion Kremp et Michael Prigent
Relecture : Justine Simorre
Fabrication : Marine Wiplier

paruraux

Néologisme

1. Nom composé de « parisiens » et « ruraux ». Moitié parisiens, moitié ruraux, il désigne les individus partageant désormais leur vie entre une maison à la campagne et un minuscule studio à Paris. Néologisme créé en 2021, par les auteurs de cet ouvrage, désignant les nouveaux venus des campagnes franciliennes qui ont « osé » quitter la capitale pour se fabriquer une vie plus belle au vert, loin (mais pas trop) de la frénésie urbaine et de ses possibles, qu'ils s'empresseront de retrouver 2 ou 3 jours par semaine.

2. Se dit aussi des parisiens qui n'ont pas les moyens d'acquérir le 100 m² de leur rêve dans le Xe arrondissement, et encore moins une résidence secondaire au Touquet.

« Le rêve de la vie champêtre a été de tout temps l'idéal des villes et même celui des cours. Je n'ai rien fait de neuf en suivant la pente qui ramène l'homme civilisé aux charmes de la vie primitive. »
George Sand, *La mare au diable*, 1851.

*« Ils tentèrent de fuir.
On ne peut vivre longtemps dans la frénésie. La tentation était trop forte en ce monde qui promettait tant, qui ne donnait rien. Leur impatience était à bout. Ils crurent comprendre, un jour, qu'il leur fallait un refuge. »*
Georges Perec, *Les choses*, 1965.

*« Tu crées ton île, et tu, tu-tu l'évastes au maximum, quoi
Il faut que les gens soient extrêmement loin de toi, mais loin
Parce que ton univers sera vaste, quoi, sera immense, sera énorme, sera énorme univers, quoi
Énorme puissance d'univers, quoi »*
Rone et Alain Damasio, *Bora Vocal*, 2009.

préface

Ce livre est amusant, mais sérieux. Car derrière les quiproquos, les anecdotes, les croquis et les portraits, il dessine un bouleversement puissant de notre France moderne : Paris y attire moins et la Province - ce si beau mot qui avance aujourd'hui masqué -, la campagne, les villes moyennes, attirent des habitants d'Île-de-France par dizaines de milliers. La Grande Pandémie est un accélérateur de cette tendance mais le mouvement d'exode parisien est plus ancien. Presque dix ans. Chaque année, les écoles de la capitale perdaient 3 000 enfants. 6 000 depuis 2020. New York connaît un phénomène identique. 430 000 Parisiens ont quitté, au moins pour quelques semaines, la ville en 2020.

Bien sûr, depuis longtemps « on monte à Paris », souvent jeune, encore étudiant, et on en repart à trente ans vers certaines banlieues chic, ou vers les métropoles de province pour élever ses enfants. Il faut avoir « fait » Paris dans un cursus français complet. Mais avant la pandémie, le modèle dominant était un appartement de ville et une résidence *secondaire* aux champs. Or aujourd'hui, et ce livre l'illustre très bien, c'est la ville qui devient secondaire et la résidence *principale* pour nombre de non-urbains. Cela est vrai dans toutes les métropoles, mais plus à Paris qu'ailleurs.

Alors, pourquoi ?

En premier lieu, je pense que nous avons remis avec cette pandémie l'art de vivre au sommet de nos préoccupations, la quête de sens primant sur la question du revenu pour une part importante de la population. Bonne nouvelle post-pandémie, à démocratiser.

En deuxième lieu, notre relation à la nature, au patrimoine, à la beauté a évolué. Au silence aussi, au bruit des oiseaux, du vent. Moment écologique du monde qui dessine ce que va être la lutte contre le réchauffement climatique.

En troisième lieu, la Grande Pandémie nous a amenés à revaloriser le proche – et les proches. La famille bien sûr, le logement, mais aussi les circuits courts, le voisinage. Ce nouveau couple articule local et livraison, circuits courts et grands voyages.

Et en quatrième lieu, la première des livraisons est celle du travail à domicile livré par internet. Internet permet à nos nouvelles attentes de se réaliser pour commander, travailler, s'informer, se cultiver, échanger, s'aimer… Le numérique est devenu le premier lien entre les humains.

Alors le long des voies de chemin de fer, là où il y a du haut débit et un patrimoine valorisé, une part des habitants de Paris glisse vers la province. Plutôt à une heure de train, parfois un peu plus, là où il y a un bon lycée, une vie culturelle sympathique, des maisons avec jardin à prix « intéressant » – ce qui, pour un Parisien, est assez élevé.

Mais on n'est pas en 68 ! On reste sérieux et productifs. Soit en gardant son travail à Paris et en profitant du télétravail et si possible d'un tiers-lieu[1], soit en réalisant un rêve ancien d'artisanat ou d'autoentrepreneuriat. On n'a jamais

---

1. Tiers-lieu : lieu où on vient travailler avec son ordinateur, manger, se réunir souvent par quartier ou village, rencontrer des artistes, assister à des spectacles. Pensez : « maison du peuple numérique ».

créé autant de petites entreprises en France que depuis le début de la pandémie.

Mais attention ! Parfois, le rapport avec les « locaux » est un peu rude. Le bobo urbain au champ croit en savoir plus qu'il ne sait. Mal payé à Paris, il est un riche au village. Il y a un apprentissage qui peut durer au moins une année.

Et là, ce livre peut amplement vous aider ! À accueillir, comme à trouver votre place. Si j'ai un conseil à vous donner, commencez par changer la plaque d'immatriculation de votre voiture. Ce n'est pas cher, et cela peut « intégrer gros ».

Jean Viard, sociologue.
A récemment publié
La révolution que l'on attendait est arrivée,
Éditions de l'Aube, 2021.

sommaire

Vous les avez peut-être entendus en terrasse ou sur le marché, essoufflés par la crise sanitaire, cédant à leurs envies de grand air : « Paris c'est plus possible ! S'entasser dans les transports, faire la queue pour aller au resto, 50 m² qu'on ne pourra jamais s'acheter, on n'en peut plus. Et puis, marre du bruit, marre des cons, on veut de la verdure, de l'espace. Et si la crise dure ? C'est le moment de partir, non ?! »

Ça n'a pas pu vous échapper, si vous habitez la capitale, vous les avez forcément entendus. D'ailleurs il s'agissait probablement de vos amis, vos voisins, vos collègues… Vous, bientôt ?

L'échappatoire à ce Paris qui ne leur suffit plus, ils l'ont peut-être même déjà trouvé. Cette « immmeeeense maison » au vert dégotée sur Leboncoin au prix d'une place de parking dans le Ve, ça leur a donné des idées, ça a fait naître des projets. Sans être radicaux, ils sautent le pas et quittent la ville sans pour autant abandonner complètement Paris. S'offrir le luxe d'une vie plus douce à la campagne tout en se laissant le choix - quelques jours par semaine - de regoûter à la facilité sociale et professionnelle dans ce qu'ils n'osent pas encore nommer leur « pied-à-terre » parisien.

Parce que bon, soyons honnête, la campagne ils en rêvent mais renoncer à leur job, leurs potes et les apéros de dernière minute, ils ne sont pas complètement prêts. Et puis, si l'appart haussmannien c'est hors budget, la longère à une heure et demie de Paris, plus un riquiqui studio dans un arrondissement gentrifié, ça passe. Juste, mais ça passe. Pas si fauchés que ça les jeunes quadras CSP+.

Ça vous donne des idées ?
Dépêchez-vous, la ruée vers l'Eldorado a commencé dès la sortie du premier confinement.

Le confinement passé dans la maison des parents en Normandie ou chez des amis dans le Perche a sonné comme une révélation. Ceux qui n'avaient jamais envisagé de quitter le tumulte de la capitale autrement qu'en fantasmant des vacances éternelles sont de plus en plus nombreux à faire le pari d'une nouvelle vie. Une grande maison, un jardin où pourquoi pas se mettre à la permaculture. De l'espace, pour vivre mais aussi télétravailler plus sereinement, à moins de deux heures de Paris…

Moitié parisiens, moitié ruraux, ce sont les « paruraux ». La tendance valait bien un néologisme. Pour comprendre autant que se moquer.

Ce ne sont pas les « néo-ruraux », ils n'ont pas troqué leur job à la Défense pour enfiler des bottes et élever des moutons. Les gens du coin les affubleront sûrement de « bobo », mais, entre nous, ça n'a jamais rien voulu dire.

Non, les *paruraux*, ce sont ces parisiens privilégiés qui ne coupent pas le cordon et s'enorgueillissent de leur choix de bon sens avec l'ambition (un brin naïve) d'un retour (à la carte) à la nature.

Ce demi-exode qui frémissait déjà ces dernières années s'est renforcé à la faveur de la crise sanitaire et du télétravail désormais admis par les entreprises. À tel point qu'il est en train de rebattre les cartes du marché immobilier francilien. Selon les chiffres des notaires du Grand Paris, entre le premier confinement en mars 2020 et mars 2021, Paris a vu le nombre de ses ventes immobilières chuter de 14 %. Tandis qu'on se rue maintenant sur les maisons dont les prix flambent jusqu'à +8 % en grande couronne. Une étude du site Pap.fr révèle que dorénavant 30,9 % des acheteurs de résidence secondaire déclarent vouloir y habiter plusieurs jours par semaine.

Cette petite révolution va bien au-delà de la redistribution (bienvenue) d'un marché immobilier qui, quoi qu'on veuille nous faire croire, n'en n'a pas fini avec les prix exorbitants propres à Paris. C'est bien un nouveau mode de vie que ces parisiens en mal de verdure, d'espace, de sens et de liberté sont en train de s'inventer. La crise sanitaire n'aurait-elle finalement été qu'un révélateur ?

Car, il faut l'avouer, pour ces urbains de 35-45 ans aux revenus relativement élevés, il a fallu voir les bars, les restaurants, les salles de concert et les musées fermés durant des mois pour réaliser que ces énièmes apéros en terrasse, toutes ces expos dont on se gausse sans y mettre les pieds, ne valaient plus le prix fort des appartements exsangues, des loyers démesurés, des tristes mines du métro et des pics de pollution.

Serait-ce l'âge qui avance, les gosses qui s'enchaînent chez les copains, les plis de leurs canapés qui les attachent à leurs apparts que pourtant, après deux ans à y bosser derrière leurs écrans, ils ne peuvent plus encadrer ? Il semblerait qu'en 2022, il faille prendre rendez-vous pour réussir à caler ne serait-ce qu'un café avec les potes.

Mais ce n'est pas tout, à la crise sanitaire s'ajoute une autre peur. Une réalité ô combien plus dramatique, celle du changement climatique et de l'urgence, à nos échelles, à retrouver du bon sens dans nos modes de vie.

N'oublions pas que Paris se vidait déjà de ses forces vives bien avant qu'on ose imaginer qu'un confinement nous priverait un jour de sa « lumière ». La ville a perdu entre 2011 et 2016 près de 60 000 habitants. Mais c'est bien le télétravail institutionnalisé qui confirme désormais un certain rejet pour la densité urbaine. Pour ses conséquences sur notre qualité de vie, notre santé physique ou mentale et la symbolique consumériste qu'elle charrie avec elle.

La migration en marche vers une nouvelle périurbanité, toujours plus éloignée du modèle de l'habitat collectif qui régit ce Grand Paris vorace, semble redessiner la métropole telle qu'urbanistes et politiques l'avaient imaginée… il y a près de 15 ans. C'est un maillage délaissé avec l'avènement de l'ère post-industrielle qui pourrait bien se restructurer entre Paris, sa banlieue et ses campagnes. Dans cet exode choisi, et non plus subi, les télétravailleurs ont besoin de gares pour maintenir un lien qu'ils ne veulent plus rompre, de services, d'écoles, de médecins, de commerces.

« Les porteurs de désirs », comme les nomme avec une poésie toute utopique le sociologue Jean Viard[1], pourraient bien être ceux qui permettront de réconcilier la ville et la campagne, la culture et les territoires (non pas qu'elle n'y fût pas mais qu'on oublie encore de la valoriser depuis Paris), et aideront à redynamiser et rendre sa fierté à ces territoires qui criaient leurs colères tous azimuts sur les ronds-points avant le Covid.

Ainsi, la métropole que l'on nous vend à coup de projets immobiliers pourrait, en s'étendant à l'horizontal des petites communes et des bourgs, trouver enfin sa dynamique vertueuse pour une meilleure qualité de vie de tous.

Ça y est, ça vous parle à vous aussi ? La grande fête est finie, vous l'avez compris, il vous aura fallu un peu de temps pour l'accepter.

Voilà maintenant cette lointaine banlieue aux vastes étendues de blé, aux forêts sans limites qui vous tend les bras. Vous rêvez de cette maison où faire votre vie plutôt que de la laisser passer devant des bières désabusées. De toute cette place où vous pourrez faire du yoga (ou un enfant), fabriquer des meubles, cuisiner en grand, planter des arbres, glander sur la terrasse, travailler en slip, écouter David Bowie sans faire trembler les murs. De ces fermes bio où vous irez faire vos courses à vélo, de la place du village où vous croiserez vos supers nouveaux voisins. Et puis, de tous ces week-ends où vos copains viendront vous rejoindre, « on n'est pas loin, une heure de train c'est rien ! ».

D'ailleurs, parisiens vous le serez encore, quand vous voudrez, comme vous voudrez. La campagne c'est cool, mais un concert à la Cigale, une expo au palais de Tokyo et un primitivo chez l'Italien du quartier qui sert encore à 22 heures, vous aimez aussi.

Entre fantasme et réalité, la mythologie d'une ruralité isolée idyllique et un mode de vie urbain bien ancré,

---

1. *La révolution que l'on attendait est arrivée*, Éditions de l'Aube, mai 2021.

vous allez devoir trouver vos marques. Apprendre ou réapprendre à faire vos courses plus tôt, découvrir que si le métro, c'est chiant, ça pue, c'est en retard, prendre la bagnole pour acheter son pain c'est pas marrant non plus.

Alors pour vous aider à atterrir dans les Crocs bien pratiques que, sans vous en rendre compte, vous ne quitterez plus (promis, on dira rien), voici l'abécédaire de survie de votre nouvelle double vie.

Cent mots, vingt-six dessins, pour déconstruire vos clichés sur la campagne, vous épargner quelques déconvenues avec les autochtones - qui eux, soyez-en sûr, vous verront arriver de loin -, faire taire les jaloux et puis aussi vous ramener un peu sur terre.

Souppes-sur-Loing ou Souzy-la-Briche, c'est certes exotique, mais relax, c'est pas le Mercantour ni l'Ardèche, vous serez toujours en Île-de-France, au mieux dans l'Oise. Et avec un peu de chance, par beau temps, vous apercevrez même le rayon de la Tour Eiffel ; vous ne serez jamais qu'à quelques stations de TER de la vie que, n'en déplaise à votre audace, vous n'aurez jamais complètement quittée.

abécédaire

La nouvelle vie des paruraux, de A à Z

arrivée

Ici tout commence. Depuis plusieurs mois vous rêviez de cette nouvelle vie, loin (mais pas trop) de Paris, le moment est venu de la vivre ! Vos cartons sont vidés, vous avez essayé toutes les chambres de la maison et choisi la meilleure, labouré votre jardin en courant comme un ahuri. Votre poste de télétravail vous regarde trouver vos marques avant de vous remettre au boulot. À vous de réinventer un quotidien plus serein, plus riche, plus vert. Peut-être allez-vous essayer la poterie, vous mettre au Pilates ou à la permaculture, tenter la cuisine moléculaire, ou vous découvrir des talents en peinture, tout est possible maintenant que vous avez de la place. Ne vous précipitez pas, vous aurez le temps de réfléchir dans le TER… D'ailleurs, le vôtre part dans 19 minutes, on vous attend au bureau à Paris pour la réunion hebdo dans moins de 2 heures !

allergies

Le déjeuner sur l'herbe est une torture aux Buttes Chaumont ? Yeux qui piquent, nez qui gratte, tête comme une patate. Les réjouissances commencent dès le début du printemps. Combattez le mal par le mal. Ne fuyez pas pollens et graminées en restant enfermé à Paris dans l'air vicié, c'est le moment de vous désensibiliser en respirant la cambrousse à pleins poumons. Les citadins sont généralement plus touchés que les ruraux, la faute à la concentration de CO_2 et à la pollution qui, non contents de décupler les allergisants, affaiblissent le système immunitaire. Chaque semaine passée au vert diminuera les symptômes allergiques. Pendant la grande décrasse, à vos mouchoirs et à vos souhaits.

arbres

Dans une logique citadine et capitaliste (celle dont vous vous éloignez un peu), les arbres sont rentables, une matière inerte à exploiter. Ils servent à faire du papier ou des cure-dents. Depuis votre installation au vert, vous commencez à les voir comme des individus à part entière, des amis. Approchez-vous d'eux, doucement, et lorsque vous le sentirez, enlacez-les ! Personne ne vous regarde, ne soyez pas timides, laissez-vous aller à vibrer avec eux. Ils sont vivants, comme vous. Tout comme le petit monde qui vit sur leur tronc, leurs branches et leurs feuilles. Reconnectez-vous au grand tout, c'est aussi pour ça que vous avez quitté la ville, non ?

avion

Depuis qu'il vous faut 1 heure 30 pour rejoindre le cœur de la capitale, vous réalisez que les aéroports se sont, eux aussi, un peu éloignés de vous. Vous n'êtes plus à 3/4 d'heure de métro de la porte d'embarquement pour le bout du monde, partir en voyage vous paraît un peu plus compliqué à organiser. Cela dit, depuis que vous avez un jardin, vous n'avez plus autant besoin d'exotisme. Alterner entre le bitume et les champs vous semble le meilleur des programmes pour ne pas vous laisser envahir par le stress et la routine. Votre jardin suffit à vous sentir en vacances. Et puis, au fond de vous, vous savez très bien qu'embarquer pour un vol courte ou longue distance revient à déverser de l'huile de vidange sur la tête d'un bébé phoque.
Maintenant, les avions, vous vous contentez de les regarder passer dans le ciel, au loin, la conscience tranquille.

bouchons

Jusqu'à présent ils vous évoquaient le périph', ou les heures passées dans la voiture à écouter impassiblement France Inter. Les interminables files d'attentes pour sortir de la capitale ou rejoindre le boulot, transpirant en été ou grelottant en hiver. Eh bien tout cela est fini. Les routes de campagne que vous empruntez dorénavant sont belles et rarement bondées. Eh de toute façon vous travaillez depuis chez vous.
Maintenant, en entendant « bouchon », la seule image qui vous vient à l'esprit est celui de la petite récolte bio que vous venez d'acheter à la Coopérative, et que vous ferez sauter ce soir à table. Santé !

bottes

À Paris, les bottes que l'on achète coûtent 150 €. Elles sont confortables, éthiques, recyclables et assurent un maintien optimal pour marcher sur le goudron et ne pas glisser entre le métro et son hall d'immeuble. Accessoire chic mais casual, c'est le *must have* de tout citadin en quête d'un retour à l'authenticité.
À la campagne, elles servent à marcher dans la boue.
C'est tout.
Et c'est largement suffisant. (Les plus déjantés pourront même y sauter à pieds joints).

bricomarché

C'est votre nouveau temple. Le territoire de tous vos rêves et de toutes vos audaces. Le palais des merveilles où laisser enfin libre cours à votre créativité. Vous avez vu les vidéos sur internet, il y a tous les tutos sur YouTube. Si Gigi_38 arrive à couler une dalle en moins de 13 minutes, alors il n'y a pas de raisons que vous non. Une terrasse en bois comme devant les bistrots… facile ! Fixer des pieds en fonte à une planche de chêne… *no problemo* ! À vous les scies sauteuses, les fers à souder et autres planches de contre-plaqué. Mr. Bricolage, c'est vous !
Important, voir aussi « urgences » en page 62.

brocante

Choisir ses meubles en ligne, voire pire, les recevoir en kit, c'est dépassé !
À Paris c'était 8, voire 10 fois le prix, mais ici, les vides greniers, c'est une vraie mine d'or. Les paniers en osier, le téléphone vintage, la lampe orange, les tabourets de bar, les boîtes Kubor… tout, absolument tout irait à merveille dans la maison. Les voisins eux ne s'y sont pas trompés. Depuis que les Parisiens débarquent dans le coin, ils font leurs fonds de garage pour vous refourguer tout ce qui peut se dépoussiérer et se mettre sur le trottoir.
Méfiez-vous, à ce rythme là, dans 6 mois, c'est vous qui ouvrez une brocante.

café

Ici, il est servi au comptoir et coûte encore 1 €, un bon vieux robusta à vous décaper les boyaux. N'allez pas pinailler. On vous a assez entendu râler contre tous ces *coffee shop* instagrammables remplis de barista, qui remplacent progressivement les troquets parisiens. Les boissons *healthy* à 7 balles servies dans un gobelet en carton recyclable n'ont pas encore contaminé les campagnes. Alors le *golden latte* curcuma-gingembre sur lait de coco, vous le ferez à la maison. Ce sera moins cher et vous doserez la cannelle à votre goût. Y a pas mieux pour calmer l'inflammation de vos intestins irrités par le petit noir du Café des sports. Pas de panique, quand vous repasserez au bureau à Paris, vous retrouverez le *macchiato* de la machine, celui qui transforme vos pauses entre deux conf' en réel moment de détente.

covoiturage

Jamais à l'abri d'un arbre couché sur les voies ou d'une grève de la Sncf, il faudra parfois vous résoudre à rejoindre Paris en voiture. Et parce que ça pollue et que ça coûte cher, accepter de monter dans celle d'un inconnu rencontré sur une plateforme de covoiturage. Rendez-vous sur le parking à la sortie du village. Mais catastrophe, voilà Rémy, votre collègue à qui vous avez donné la bonne idée de migrer à la campagne qui vous a fait la surprise et vous embarque pour un voyage en chanson. Préparez votre sac à vomi, il ne se prend pas seulement pour Goldman, il se croit pilote de F1. Vous qui vouliez être tranquille et mettre le boulot à sa place, c'est perdu, il s'est invité jusque sur la banquette avant.

coq

Le chant du coq est la madeleine de Proust de vos vacances chez papi. Il vous sortait du lit et vous promettait une journée d'aventures. Vous avez grandi, le cocorico sonne aussi fort que l'alarme de votre téléphone mais beaucoup plus tôt ! Rassurez-vous, comme les cloches de l'église, le beuglement des vaches, le ronron des moissonneuses batteuses, on s'habitue à tout. Bientôt vous ne l'entendrez plus et vous oublierez ces doux réveils bucoliques qui vous donnaient envie de le rôtir au vin jaune, le coq.

chasseur

Vous aimez les animaux ! Tellement que vous en mangez encore de temps en temps. Mais comment faire face à un chasseur ? Un de ceux qui les aiment tant qu'il a choisi de préserver la biodiversité à coup de chevrotine dans le buffet ? La conversation risque d'être houleuse si vous vous prononcez contre leur droit ancestral à s'immerger dans la nature pour traquer une bête sur son territoire (avec un fusil). Évitez-vous un débat stérile, vous risquez de perdre, vous, vous n'êtes pas armé. La meilleure option reste, à partir de mi-septembre, de vous balader en forêt en faisant beaucoup, mais alors beaucoup de bruit ! Un vacarme pas possible. Enceinte portative, casserole, trompette, mégaphone. Faites un raffut du diable. Les animaux se barreront le plus loin possible. Loin de vous, et surtout loin des chasseurs. Et puis faites gaffe, habillez-vous en fluo, qu'on ne vous prenne pas pour un sanglier.

débrancher

Couper, enfin ! Déconnecter, raccrocher. Tous ces mètres carrés en plus et votre jardin luxuriant vous aident à prendre vos distances avec le stress qui dirigeait votre vie en ville. Durant vos sessions de télétravail, il vous suffit maintenant de détourner vos yeux fatigués de l'écran pour les laisser s'évader dans la verdure qui vous entoure. Avant, vous aviez vue sur le mur gris de l'immeuble voisin et sur l'antenne 5G installée en catimini sur le toit d'à côté. Dorénavant, le roucoulement des tourterelles et le chant des mésanges ont remplacé l'imprimante tonitruante de l'open space du 6e. À la pause, vous pourrez vraiment respirer. Mais attention, personne ne débranche le wifi !

Voir aussi « wifi » en page 66.

distanciel

La pandémie n'a pas seulement révélé à ceux qui ne voulaient pas le voir que l'hôpital public et ses soignants étaient à l'agonie, à force de coupes budgétaires drastiques. Elle a aussi montré que les entreprises pouvaient continuer à tourner avec leurs salariés mal installés sur leur canapé. Il semblerait que ni le gouvernement ni le Medef n'aient retenu la leçon. Deux ans plus tard, le Covid est encore là, l'hôpital va toujours mal, et nos patrons ne cessent de nous demander de revenir toujours plus au bureau pour que l'économie reprenne. Si vous culpabilisez de tenir bon en profitant de vos jours en distanciel avec vue sur le jardin, sachez que vous avez l'argument qui tue. Selon l'Institut Sapiens, le télétravail aurait fait grimper la productivité des salariés de plus de 22 % durant le confinement.

dating

Swipe droit, *swipe* gauche, *swipe* droit. Ping, ping, ping, comme une partie de flipper, les matchs s'enchaînent sur les applis de rencontre dans la capitale. Densité oblige, il y a plus de célibataires au mètre carré qu'il y a de sourires dans le métro. Pour ceux qui chercheront l'âme sœur (ou le plan du jour) au fond de l'Île-de-France, cela risque d'être moins évident de matcher. Si vous êtes addict aux écrans ou trop timide pour aborder sur la place du marché, il va falloir revoir vos critères de distance, et peut-être même d'âge et de centre d'intérêt. Si le coup de foudre ne vous attend pas au coin de la rue, persévérez, il paraît que l'amour est dans le pré…

dernière minute

C'était votre credo, tout faire à la dernière minute. Les courses pour espérer avoir quelque chose à vous mettre sous la dent en sortant du boulot, aller boire un verre à l'autre bout de la ville, attendre le troisième rappel du réveil pour sortir du lit sans être en retard pour la réunion de 10 heures… Pour rester cool à la campagne, il faudra anticiper, c'est la contrepartie pas rigolote au grand air. Les magasins ferment à 19 heures, rien n'est ouvert le dimanche, le TER ne passe pas toutes les 4 minutes et Deliveroo ne s'aventure pas sur les départementales. Heureusement, vous avez un congélo. Et la seule chose que vous aurez encore à la dernière minute, c'est le train qui vous ramènera à la maison le samedi soir parce que finalement vous n'avez pas envie de passer une seconde de plus à Paris.

étoiles

C'est toujours avec émotion que l'on discerne quelques étoiles dans le ciel parisien. Pour voir briller autre chose que celle du Berger et la Grande Ourse – vous savez, la constellation en forme de casserole – il faut des conditions exceptionnelles. Pas de pic de pollution, une nuit sans nuages et une pression hectopascale adéquate. Loin de la capitale et de ses lumières, le grand voyage cosmique se vit chaque nuit ou presque. Ça tombe bien, pour votre crémaillère, votre petit frère vous a offert un télescope gigantesque. Vous connaissez maintenant tous les cratères de la Lune, savez repérer la constellation du Cygne et pouvez même décrire les anneaux de Saturne que vous avez vus, de vos grands yeux vus ! Vous serez peut-être même le premier à voir approcher la météorite qui achèvera l'humanité.

écolo

C'est le moment de mettre en pratique vos beaux discours. Claquer 150 balles chez Naturalia tous les trois jours, trier vos bouteilles et fabriquer votre déo ne suffiront pas à faire de vous l'écolo que vous croyez être. Maintenant, plus d'excuses. C'est parti pour la permaculture, les conserves de légumes de saison. On réfléchit à deux fois avant de faire un aller-retour en voiture. On accepte de mettre un gros pull et des chaussettes plutôt que de pousser le chauffage à 25, on installe un compost et une citerne de récupération d'eau de pluie. Ça changera pas grand-chose à la catastrophe climatique en cours mais au moins vous serez légitime quand vous ferez la morale à vos potes venus en SUV.

école

Ils ont des écoles Montessori par ici ? Votre premier réflexe, que vous ayez des enfants ou non, sera de vous demander si les écoles du coin sont à la hauteur. Vous avez beau croire en l'égalité des chances, à Paris, il y a fort à parier que vos ados finissent dans le privé. Bah oui quoi, désolé, au lycée Carnot de la Porte des Lilas, ils ont pas l'option coréen. À la campagne, la question sera vite réglée. Si vous voulez que vos bambins aient de la place pour s'exprimer, de l'espace pour se défouler, de l'écoute et de l'accompagnement pour se développer, ne cherchez pas plus loin, l'école du village s'en chargera. Moins de classes surpeuplées (quoique ça risque de changer), du bon air, ici, l'école c'est la vie. Et puis, si vous hésitiez à faire sauter une classe à Léopold, avec un peu de chance, à 6 ans, il profitera du programme des CM 2; pour maintenir l'école ouverte, on a rassemblé tous les niveaux dans une seule classe !

éolienne

La France a trouvé sa solution pour sauver le climat ! Construire de nouvelles centrales nucléaires et prolonger l'activité de ses 56 réacteurs à trois ions de l'accident atomique. En attendant l'hiver nucléaire, le gouvernement nous laisse quand même des miettes pour lutter individuellement contre l'extinction de l'humanité : grâce au crédit d'impôt et autres subventions vous pourrez, vous, produire une énergie propre à peu de coût en installant une éolienne dans le jardin, des panneaux photovoltaïques sur le toit et une pompe à chaleur sous la maison.

foire

Foire à la volaille grasse, aux fromages et aux vins, aux oignons ou aux cochons. Fête de la betterave et de la tarte aux prunes… On a vite fait de se moquer, mais quand vous verrez s'installer les premiers stands sur la place du village, vous serez surpris par cette petite boule d'excitation qui viendra vous aussi vous titiller la glotte. J-2 avant l'événement de l'année, les commerçants attendent le chaland et vous, ça fait trois semaines que vous vous préparez pour le concours de « qui mange le plus de saucisses ». La foire du village, quel que soit son nom, n'est qu'un prétexte pour festoyer avec les voisins. Avec un peu de chance, la confrérie locale d'amateurs de Coulommiers se prendra au sérieux en toge dans la rue principale, pas besoin d'aller en pélerinage au Puy du Fou, vous voilà plongé dans la vraie marmite franchouillarde. Vos copains parisiens en redemanderont l'année prochaine, quel exotisme !

fête

Paraît que la fête est finie ? À Paris peut-être, mais pas chez vous ! Passons le folklore des fêtes de village. À la campagne, on trouve aussi des teknivals dans les champs de betteraves, des festivals electro dans les douves des châteaux ou des concerts de jazz Manouche en bord de Seine… Et puis la fête, maintenant, vous n'avez qu'à l'organiser dans votre salon, votre jardin ou votre cave. Les copains n'auront qu'à planter leur tente, ça leur rappellera les Vieilles Charrues. Et vous, vous n'aurez qu'à monter l'escalier pour retrouver votre *king size* quand vous en aurez marre d'entendre Patti Smith hurler « Because the night » pour la septième fois de la soirée.

facteur

On l'imagine avec son vélo, sa sacoche débordante de bonnes nouvelles et son sourire amical tout au long de l'année. Il prend du temps pour parler aux pépés isolés, connaît le nom de tout le monde et a le temps de lever le coude à chaque tournée. Lui, c'est le facteur de la télé. Celui de la pub de notre enfance. Il n'existe plus depuis un moment.
Ces dernières années, les bureaux de poste tombent les uns après les autres. Les facteurs ont été remplacés par des livreurs de colis internationaux et les rares guichets ouverts sont débordés par les prêts conso et l'ouverture de lignes mobiles. C'est regrettable, on perd un peu de notre culture, de l'âme de nos villages.
Mais honnêtement, des lettres, vous en écrivez encore beaucoup, vous ?

ferme

Dans *La Ferme des animaux*, les bêtes s'unissent dans une organisation pacifiée contre la menace humaine. La dystopie de Georges Orwell fait le triste constat de l'échec de l'utopie. Reproduisant l'aliénation de leurs anciens maîtres, les cochons prennent le pouvoir sur les autres animaux.
N'allez pas chercher telle allégorie dans les fermes du coin. Profitez-en plutôt pour aller faire vos courses dans celles qui respectent autant la richesse des sols, la biodiversité qui s'y déploie pour le bien de tous, que le goût des légumes de saison et les conditions d'élevage des volailles. Pour vous faciliter la démarche, certaines se sont même mises au Drive. À vos paniers !

glou-glou

On prend vite goût aux bonnes choses. En épicurien (raisonnable), vous avez progressivement découvert, puis adopté toutes les saveurs et déclinaisons de la boisson des dieux. Vin naturel, petites récoltes biodynamiques et même poire maison du voisin. Les mini-exploitations familiales semblent être légion dans le coin. Tout le monde fait pousser quelque chose qui se change presque par magie en elixir de fin de repas. Le copain d'un copain a des vignes. Un autre fait pousser du houblon. Tout ça vous donne des idées et avec un peu de matos vous pourriez transformer l'établi en distillerie. Et si vous lanciez votre propre micro-brasserie ?

gaucho

La politique n'a plus de secrets pour vous. Vous avez une opinion et des arguments sur tout, qui se sont forgés au fil des années. Les manifs, le vote, les discussions enflammées ont rythmé votre parcours, aiguisé votre pensée. *Polis*, la cité et la voix du peuple résonnent en vous. Vous avez même un copain qui bosse dans un ministère, et un autre à la CGT. Fier porteur de valeurs universelles, vous risquez de glisser maladroitement sur la marche de votre Panthéon de l'entre-soi. Il y a fort à parier que vos grands discours ne pèseront pas grand-chose face à des enjeux locaux. Ici, votre voisin est le maire du village, le boulanger siège au conseil municipal, l'agriculteur revient de Bruxelles, et le client du PMU appelle haut et fort à l'avènement du FN. La voix du peuple risque de gronder à vos oreilles et c'est en fin diplomate que vous allez devoir trouver votre place dans cet exercice réel de la démocratie.

gendarmes

À Paris, on rase les murs pour éviter les flics. Depuis que la police de proximité a été rayée du tableau, ne reste (ou presque) que les chiens fous de la BAC et autres voltigeurs, matraque télescopique ou *flash ball* à la main. Le règne de la terreur s'est lentement mais sûrement installé dans les rues de la capitale. Un mot de trop, un faux pas, et c'est l'œil ou la main qui finit arraché. Silence, au pas ! La légende raconte qu'à la campagne, ce sont les gendarmes qui règnent sur les routes. Dans leur estafette, ça sent bon la cochonnaille et la bière fraîche, tandis que le transistor passe le flonflon de l'accordéon.

On ne sait pas si c'est un mythe ou une réalité, mais au passage du prochain fourgon, n'hésitez pas à leur demander…

gilet jaune

Il y a quelques années à peine, le gilet jaune au fond du coffre n'était utile qu'en cas d'accident pour se signaler sur la route. Depuis l'automne 2018, il est devenu le symbole de la France à qui l'on vient faire les fonds de poche et qui n'a pas peur d'en découdre.

Comme il sommeille encore en vous un contestataire épris de justice sociale, vous espérez presque qu'un de vos pneus éclate à l'approche d'un rond point pour avoir l'occasion d'enfiler votre gilet et de venir gueuler au coin d'un feu de palettes. Pas trop fort quand même, faudrait pas qu'un convoi de CRS passe par là et vous remarque. Courageux, mais pas téméraire.

GENDARMERIE

herbe

« Ça sent l'herbe » n'a pas du tout la même signification que l'on se trouve au pied d'un immeuble ou d'un arbre fruitier. D'un côté on se brûle les neurones pour laisser filer le temps, de l'autre on se casse les lombaires avec une tondeuse à fil. Dans votre jardin, personne ne saura de quel côté vous aurez penché. Petite récolte maison ou bosquets taillés à la Versaillaise, vous serez seul maître en votre jardin. Et pour vous refaire le dos ou vous remettre les idées claires, diversifiez la production. Mélisse, camomille, calendula, millepertuis et autres verveines poussent très bien sous nos latitudes.

hérisson

Les souris qui batifolent sur les rails du métro ou galopent entre vos pieds dans les restos du canal Saint-Martin, même pas peur. Ça fait bien longtemps que vous ne sursautez plus en croisant les gros rats qui courent sur les boulevards. Ces nuisibles à moustaches qui pullulent dans les profondeurs de la ville font partie du décor. Vous vous pensiez habitués à cohabiter avec cette faune discrète, mais à la tombée de la nuit, après un bon dîner dans le jardin, les bruits se font inquiétants. Ça remue dans les buissons. Passé l'effroi, vous osez vous rapprocher. Voilà une maman hérisson et ses trois petits qui traversent la pelouse. Votre jardin n'est qu'une étape dans leur balade nocturne, discrets, ils repointeront leur nez tous les trois jours. Si vous voulez être sympa, et profiter du spectacle, les hérissons c'est trop mignon, laissez-leur quelques morceaux de fruits pour leur rendre l'escale plus agréable.

hiver

Vous vous voyez déjà installé sous la glycine à télétravailler sereinement, chauffé par le soleil du printemps. Vous imaginez ces week-ends passés dans le jardin, les dîners éclairés par les lampions accrochés dans le cerisier. Mais avez-vous imaginé ce que seront vos soirées d'hiver ? Quand le soleil se couchera à 17 heures, que le dimanche, votre pelouse transformée en champ de boue par la pluie, il vous sera impossible de mettre un pied dehors ? C'est là que vos 150 m² et la cheminée du salon prendront tout leur sens. Plus besoin de braver le froid pour s'occuper en se réfugiant dans un musée ou une terrasse chauffée, votre cocon est un palace à exploiter. À entretenir aussi, vous avez de la chance, grâce au réchauffement climatique, les hivers sont de plus en plus longs…

harmonica

Et si vous vous mettiez à la musique ? Ado, vous avez tenté de gratouiller le manche de la guitare d'un pote, avant de vous rabattre sur le djembé. C'était la mode, tout le monde faisait de la musique, à la cool. Aujourd'hui, les jeunes ont tous un logiciel de mix sur leur portable et ne jurent que par le vocodeur. À quoi bon savoir chanter ou jouer d'un instrument si plus personne ne fait la différence. Avec ces nouvelles pièces vides, vous vous dites que c'est peut-être le bon moment pour faire revivre votre fantasme bohème ou votre âme de punk. La batterie, c'est bruyant, le piano c'est classe mais il faut se fader le solfège, quant au saxophone, c'est un peu gênant depuis la fin des années 90. Faites simple, commencez par l'harmonica.

insectes

Il paraît que 25 % des insectes ont disparu depuis 30 ans. Plus largement, c'est même deux tiers des espèces animales qui ont été éradiquées par l'activité humaine en un demi-siècle. Vous n'aurez pas à chercher les survivants bien longtemps, ils se sont réfugiés dans votre jardin ! Mouches dans la cuisine, moustiques dans la chambre, moucherons dans l'apéro, fourmis dans le salon, guêpes dans le melon, frelons dans la charpente… À croire que l'arche de Noé des insectes s'est échouée dans votre paradis. Pourtant, vous êtes équipés, papier tue-mouche, bougies à la citronnelle, spirales, plantes aromatiques et huiles essentielles. Rien n'y fait, les insectes se sont tous donnés rendez-vous chez vous pour une fête sauvage. C'est pas une raison pour pulvériser du napalm ou dégainer le lance-flammes ! Leur raison d'être ici est plus grande que la vôtre, eux participent à l'équilibre du vivant, vous beaucoup moins.

immobilier

175 m² pour moins de 300 000 €, le casse du siècle ! Vous avez fait la nique à la spéculation immobilière parisienne. En héros de la lutte des classes vous fanfaronnez votre fierté de ne pas être rentré dans le jeu qui voudrait qu'on trouve normal de claquer 10 000 € le mètre carré. À Paris, ça agacera sûrement vos copains qui ont serré leur vie dans 55 m² (on vous laisse faire le calcul). Mais ceux qui risquent de le prendre vraiment mal, ce sont vos nouveaux voisins. Depuis que les Parisiens ont débarqué, les prix s'envolent dans les villages. À la campagne, le spéculateur, c'est vous !

ivre, il…

Ça commence comme un fait-divers et si on n'y prend pas garde, ça risque d'en devenir un. Faites gaffe à l'apéro ! On se prend vite au jeu, le vin est bon, rien ne presse, on a vite fait d'oublier qu'on vient de descendre la troisième bouteille de rouge. Les copains commencent à somnoler, c'est qu'il se fait tard et qu'on n'est pas rentrés, nous ! Plutôt que de vous prendre pour le roi du bitume, de prendre le volant, la route puis le mur, on défait ses lacets, on retire ses chaussures et on se cale bien au fond du canapé des potes. Pas si difficile d'éviter le *Go fast* pour la cellule de dégrisement ou le lit d'hosto et la Une du journal local.
Important, voir aussi « uber » en page 62.

insee

L'exode urbain à la carte des paruraux va faire s'arracher les cheveux aux statisticiens de l'Insee. Des mois déjà que médias et sociologues tournent autour du pot pour définir ce grand remplacement. Résidents secondaires, bi-résidentiels, quelle case cocher ? On penserait bien à un truc…Paruraux, non ? Si on peut aider la France…Plus sérieusement, au jeu des vases communicants, tenir l'inventaire des habitants des campagnes franciliennes va devenir plus compliqué que de calculer le degré d'empathie d'un membre du G7. Pour mesurer les mouvements de populations durant le confinement, l'Insee avait traqué les téléphones mobiles des heureux fuyards, à ce compte-là autant vous domicilier au vert !

VENDU

jambon

Le jambon c'est votre échelon de valeur, le marqueur de votre ascension sociale. Vous avez débuté au supermarché avec du sous-vide gavé au polyphosphate, avant de vous rapprocher de ses petites sœurs soi-disant sans nitrites ni colorants, mais tout autant industrielles.

Puis vous êtes monté en gamme et avez pris goût au tranché du boucher, avant d'atteindre votre climax en devenant un fin connaisseur du *pata negra* et autre bellota-bellota. Maintenant, vous voilà expert en la matière, et vous vous apprêtez à franchir la dernière étape pour parfaire votre art, votre propre jambon entier à l'os, avec son sabot, son présentoir en bois et le couteau aiguisé.

Barbare, certes, mais s'il vient d'une cave corse ou espagnole, il fera de vous le roi des jambons.

jamais

« La campagne, moi… jamais ! Jamais je quitterai la ville. Parisien ou rien ! »

Cette phrase on vous l'a entendue dire, répéter, scander pendant des années. Plus qu'une devise, c'était votre mantra. Des mots qui allaient vous suivre toute votre vie, et même au-delà. Paris, c'est chez vous. Paris, c'est vous. Point à la ligne. Mais voilà, pour tout un tas de raisons vous avez progressivement glissé vers le côté lumineux de la force. Vous êtes passé par les 5 phases.

Déni - Rejet de la campagne.

Colère - La campagne, plutôt crever !

Dépression - Je vais dépérir là-bas.

Marchandage - Bon d'accord, on peut essayer, mais à mi-temps.

Acceptation - Finalement j'y suis, bien, j'y reste.

jazz

Une grande maison, ça se remplit de musique. Sur la platine raccordée aux enceintes du salon, les vinyles prennent vie. Ancien collectionneur ou fraîchement converti aux joies du 33 tours, vous vous délectez du craquement du diamant parfaitement accordé au crépitement du feu dans la cheminée. Tous les styles se succèdent. Au gré des humeurs et des horaires. Rock pour réveiller, classique pour rendre chaque moment grandiose, *reggae* pour fêter l'arrivée du soleil et electro pour tenir la nuit blanche.

Pour donner de la classe à votre nouvel intérieur, tout en montrant votre côté cool et détaché, celui qui mettra tout le monde d'accord, ce sera le jazz. Car jazz, c'est avant tout une attitude.

jardin

Un proverbe chinois dit que pour mener une vie heureuse il faut s'occuper de son jardin. À Paris, sur le rebord de la fenêtre, vous avez une jardinière d'un quart de mètre carré dans laquelle survit laborieusement un pied de basilic et trois branches de thym noyés dans une forêt de mégots. Sur votre pelouse qui vous paraît aussi vaste qu'un terrain de foot (une fois quitté Paris tout semble démesurément grand), vous allez pouvoir laisser libre cours à votre âme de jardinier/paysagiste. Planter un massif de fleurs sauvages, cultiver votre potager, choisir des plantes qui pousseront en symbiose, disséminer des herbes médicinales… L'esprit de la forêt est désormais en vous. Votre connexion à la nature sera totale lorsque, ému, vous planterez votre premier arbre, que vous pourrez voir grandir jour après jour.

kilos

La belle vie que vous vous offrez rime avec bien manger. Vous en avez marre des restos qui vous restent sur les hanches, ça tombe bien. À la campagne, le chef c'est vous. Tous ces plats équilibrés que vous allez faire mijoter vous aideront à retrouver la ligne. À vous le *summer body* ! Ce que vous oubliez sûrement, plein de résolutions que vous êtes, ce sont les bons produits qui vous feront de l'œil sur les étals du marché. Les fromages au lait cru, les côtes de bœufs pour le barbecue, les patates du jardin… À l'approche des longues soirées d'hiver, des dîners à rallonge avec les copains qui débarquent pour le week-end, des kilos, vous en prendrez, et vous n'aurez plus qu'à attendre les beaux jours pour *jogger* le long des départementales.

Attention en courant sur les chemins, à partir de mi-septembre, voir « chasseur » en page 26.

kangoo

Belmondo conduisait une décapotable sur les routes de France, il avait la classe. Pour vous ce sera le bon gros Kangoo d'occasion. Oubliez vos rêves de grandes échappées romantiques, vous ne le savez pas encore mais cet utilitaire des familles, c'est la voiture idéale de votre vie au vert. D'abord parce qu'elle est moche, on ne vous la volera pas. Et surtout, car elle peut transporter tout un tas de choses. Des gosses, les potes qui débarquent à la gare, des kilos de patates, des caisses de vin, vos nouveaux outils achetés chez Brico et la vieille ferraille trouvée à la déchèterie que vous pourrez (on vous le souhaite) transformer en de superbes meubles design.

kamasutra

Plus aucun risque de devoir affronter le regard inquisiteur de votre voisine d'en face après une nuit de plaisir un peu trop sonore. Osez le son de vos ébats en BPM en toute liberté. Dans votre corps de ferme aux six dépendances, vous ne saurez plus où donner de la tête, ni du reste. Le champ du voisin fraîchement moissonné s'offre à vous, celui des possibles s'élargit. Votre fauteuil Bauhaus vous inspire de nouvelles acrobaties, même cette commode en bois massif récupérée chez mamie vous fait de l'œil. Vivement que l'être aimé rentre de la ville, vous êtes à deux doigts de vous rouler nu dans le compost.

kamikaze

Vous vous êtes préparé, conditionné. Vous irez jusqu'au bout, quoi qu'il en coûte, la noblesse de la cause vaut tous les sacrifices. Kamikaze, vous ne craignez pas le suicide social que certains (les jaloux) vous prédisent. La migration à la campagne ne vous empêchera pas de garder vos meilleurs potes, tant pis pour les feignants et les râleurs à qui l'heure de train fera peur, voilà une bonne façon de faire le tri. Et puis, de tête brûlée vous êtes passé à gourou, amenant à vous de nouveaux adeptes de la belle vie au vert. C'est peut-être le moment de mettre votre mélodie du bonheur en sourdine si vous voulez rester tranquilles chez vous.

loin

Loin. Tout est loin. Faire les courses, c'est loin, aller chez le dentiste, c'est loin, emmener les gosses au poney club, trop loin. Tout est loin, surtout Paris ! Vos potes (ces vieux jaloux) vous avaient prévenu, la campagne c'est pas tout près, comment tu feras pour venir boire des coups, t'as pas peur de t'ennuyer dans ton trou ? Vous, vous étiez sûrs de vous, être loin (mais pas trop) de Paris c'est tout ce que vous vouliez. Vous l'êtes toujours d'ailleurs, parce que depuis vous avez appris à vous organiser. Et le temps perdu à prendre la voiture pour remplir le frigo, vous l'avez gagné à lire dans le TER trois fois par semaine pour aller au bureau, passer chez le dentiste et boire une bière avec ce copain qui étouffe dans son 25 m^2.

lundi

C'est le fantasme total. Absolu. Un rêve qu'on souhaite devenir réalité : les lundis au soleil.
Oui, ils peuvent exister. Oui, ils vont exister !
Ne vous y méprenez pas, vous n'avez pas gagné au loto. Vous avez juste un peu plus de place. C'est déjà pas mal, mais vous devez quand même travailler. Alors les lundis avec une vue sur un peu de gazon oui, mais au soleil, il faudra repasser. Pour rappel, vous n'êtes qu'à à peine 1 heure 35 de Paris. Et pour la vue, ce sera une fenêtre certes, mais sur les 6 collègues de la compta qui vous attendent tous en visio, avec la petite mine du matin. Belle journée.

Voir « météo » en page 46.

librairies

Ben, il n'y en a plus ! Alors avant de se ruer sur internet pour se faire livrer un livre à 2 kg de CO_2, on peut toujours faire un tour à l'espace culture de l'hypermarché du coin. Hop hop hop, on ne juge pas ! Certes ce n'est pas une petite boutique de quartier mais il y a quand même de très bons bouquins. Et désolé de vous l'apprendre, mais le libraire indé du coin n'a pas fait le poids face aux mastodontes et il ne reste plus que ça pour assouvir votre soif de culture.
Mais si votre cœur bat pour les commerces de proximité, il existe une solution. Vous pouvez toujours vous rapprocher d'une association locale, d'un bus itinérant, ou même monter votre propre réseau pour troquer votre collec de prix Goncourt. C'est pas une bonne idée de start-up ça ?

langue

Si, si, on vous jure, vous parlez la même langue. La vie, c'est pas un film de Dany Boon, pas besoin d'un dico pour déchiffrer le patois local. Bon, il y a quand même deux ou trois expressions fleuries qui vous feront tiquer, quelques tournures exotiques qu'il vous faudra intégrer. Mais en baissant le volume de vos AirPods, en prenant le temps d'écouter vos semblables surtout, vous réaliserez que l'accent des campagnes est avant tout un fantasme de parisien. Le boucher du coin a grandi dans le XXe, sa fille a fait les mêmes études que vous, et les dernières vacances à Zanzibar du couple qui tient la boulangerie étaient sûrement plus dépaysantes que les vôtres sur l'Île de Ré. Et puis d'ailleurs, s'rait pas vous qu'avez un accent ?

météo

Vous n'y avez jamais vraiment prêté attention. Pour vous, c'est le truc du journal de 13 heures pour ceux qui cultivent la Terre. À Paris peu importe, il fait gris toute l'année. S'il fait beau, on s'entasse en terrasse, s'il pleut, on est à l'abri en 2 minutes. Mais ici, c'est la vie au grand air. Un doigt planté dans le sol, l'œil rivé sur les nuages, vous vous connectez à mère nature, et la météo est devenue votre première source d'information. Si on veut passer la journée en forêt, la pluie et le beau temps, c'est la BASE.
Et non, finalement c'est pareil, rien n'a changé. À part faire une sieste dans votre jardin, vous n'êtes finalement jamais bien loin de la maison, trop de boulot. Et on vous rappelle que vous êtes toujours en Île-de-France, c'est donc le même temps qu'à Paris.

ménage

Passer de 30 à 150 m², ça va vous changer ! Vous allez enfin pouvoir étendre le linge ailleurs qu'entre le canapé du salon et la porte des chiottes, ranger vos chaussures dans un vrai placard et tous vos bouquins trouveront enfin leur place sur les lignages d'une bibliothèque. En revanche, faire le ménage ne sera pas une mince affaire que vous pourrez reléguer aux fins de dimanches pluvieux. Carrelage, tomette, parquet, les traces de boue devant les portes-fenêtres, la cheminée qui salope le tapis et le Roomba qui ne grimpe pas à l'étage ! C'est plus 2 heures par semaine que vous passerez balais à la main, mais 2 heures par jour ! Et si on se contentait de vivre dans le salon ?

marché

C'est le grand jour. On y est. En amoureux des sensations authentiques et des produits de la Terre, vous avez fait vos armes aux Enfants rouges, à Aligre, à Ternes, et au plus chic de tous, la Grande épicerie. Aujourd'hui, vous êtes armé pour remonter jusqu'à la source avec votre joli panier en osier. En route vers le marché, les papilles ouvertes à l'aventure. Mais là, catastrophe ! Pas d'huile d'olive à la truffe, mais des truffes pleines de terre. Pas de *pata negra*, mais du jambon avec toute sa couenne. Pas de terrine au piment d'espelette, ou de gorgonzola à la louche. Ici tout est local et ça sent fort. C'est un vrai bazar. Les gosses vont adorer. Il y a même des lapins et des poussins à vendre. Si vous en ramenez un à la maison, les petits seront ravis. Et à vous, bientôt, la terrine maison !

marais

On sort, on va faire un tour dans le marais ? La proposition n'aura plus la même saveur une fois installé à la cambrousse. Autrefois synonyme de falafels et de shopping pointu, le marais d'où vous reveniez avec une nouvelle tenue assortie à la lampe design du salon est désormais la zone humide où se reproduit une espèce protégée de libellules. Pour s'y aventurer, mieux vaut chausser des bottes (celles que vous aviez achetées une blinde dans le Marais, justement) et mettre sa capuche. Vous en reviendrez trempés après y avoir découvert une faune et une flore éblouissante et mystérieuse.
Voir aussi « bottes » en page 24.

nature

Ce retour à la nature vous a requinqué. Respirer à pleins poumons, manger sain et profiter de chaque rayon de soleil pour vous chauffer les joues vous ressource bien plus que vous n'osiez l'espérer. Un sentiment profond de bien-être vous envahit. Un grand cri primal vous vient du fond des entrailles, l'appel de la forêt prend sa pleine puissance irraisonnée. Voilà, c'est ça que vous attendiez. Lâchez prise ! Laissez la nature reprendre le contrôle. Les voisins finiront par s'habituer à vous voir vous balader à poil dans votre jardin et courir couvert de boue dans les bois.

nid

À Paris, les bébés pigeons tiennent du mythe. Une légende urbaine que personne n'a jamais pu vérifier. Cachés derrière les ventilations d'immeuble et autres stores de boutiques, on distingue à peine leur pépiement au printemps. Les Parisiens sont d'ailleurs nombreux à penser que les moineaux sont les petits de ces rats volants. Les oiseaux de campagnes sont ici chez eux. Ils nichent dans les arbres du jardin, les haies, la charpente du grenier ou le feuillage de la pergola. Si aucun chat ne vient y faire ses courses, vous aurez tout loisir d'observer dans ces nids le grand cycle de la vie. Les parents qui couvent, les oisillons flétris et maladroits, les piaillements fous à l'approche de la becquée, puis l'envol des jeunes premiers, prêts à affronter le monde. Si tout ça prend 18 ans, qu'en quittant le nid ils vous demandent 20 € pour se payer un kebab, vous vous êtes trompé sur l'animal et le pigeon de l'histoire, c'est peut-être vous !

nuit

Elle tombe bien plus vite qu'avant et ça n'est pas une question de fuseau horaire. À la campagne, la lumière baisse en même temps que les rideaux des boutiques. Passé 19 heures, quand c'est pas 17, plus un chat dans la rue. Pas de néons pour vous donner l'illusion du temps qui s'étire et pousser la faune nocturne à consommer. Ici, la nuit est noire et profonde. Elle laisse le champ libre aux animaux sauvages et vous donne le droit de rester au chaud l'hiver. Aux beaux jours, elle descendra doucement, vous laissant le temps de l'apprivoiser en dressant la table sur la terrasse. Vous attaquerez enfin les digeos (la prune du voisin) quand elle enveloppera la soirée d'étoiles.

Voir aussi « étoiles » en page 30.

nirvana

Les villes débordent d'annonces alléchantes, de publicités colorées et tapageuses pour nous pousser à consommer tout et n'importe quoi, de plus en plus. On sait que pour produire un jean il faut 10 000 litres d'eau et qu'un nouveau *smartphone* utilise des métaux rares et un bout de forêt amazonienne. Pourtant, matraqué à longeur de journée, notre cerveau cède à la tentation et finit toujours par pousser la main au portefeuille.

Quand les 4 par 3 sont remplacés par des vues sur la forêt et les annonces par des chants d'oiseaux, alors tout naturellement notre désir de consommer et de posséder s'estompe, laissant place à un sentiment de plénitude et de paix intérieure, première étape vers le Nirvana.

œufs

Ils sont frais, pondus du matin, garantis sans antibiotiques. Ils sont aussi pleins de merde et de paille, sortis directement du cul de la poule ! De vos poules si vous avez cédé à la tentation du poulailler dans le jardin. À vous les omelettes bien jaunes et les roucoulements dès l'aurore. Les gallinacées ça jacte, ça sent pas très bon, c'est con et pas très sympa. En plus ça attire les renards. N'y allez pas trop fort dans le retour à la terre, vous n'êtes pas encore prêt à l'autonomie. Les œufs bio du marché, c'est déjà pas mal non ?

Voir aussi « coq » en page 26.

œnologue

Vous avez toujours refusé de faire un stage pour connaître le vin. Le vin, ça s'apprend pas, ça se vit. Et vous en avez vécu de toutes les couleurs, à tous les prix. Vous faites la tournée des caves avec les potes tous les ans, connaissez les cépages et les terroirs, vous tournez le verre en prenant un air inspiré, regardez sa robe, débusquez ses arômes de fruits rouges et sifflotez la première gorgée en précisant bien que, normalement, on recrache. Mais en fait, vous n'y connaissez pas grand-chose. Coup de bol, une foire au vin se tient dans le village d'à côté et tous les cavistes de France seront de passage. Ce coup-ci, vous y allez seul, et vous prenez des notes. Dorénavant, vous pourrez parler de conservation en fût, de tenue en bouche, d'accord met-boisson, de notes aromatiques ou citer l'arbre généalogique du producteur. Mais tout le monde s'en branle. On préférait quand en saviez moins et que vous vous contentiez d'un « Santé ! ».

ogm

Qui a dit que la pollution s'arrêtait à la frontière du périphérique ? Vous en aurez certes fini avec les particules fines qui s'accrochent à vos poumons, mais ne croyez pas que la campagne soit épargnée par les toxiques. Les perturbateurs endocriniens ne se nichent pas seulement dans vos déodorants, ils volent en escadrille au-dessus des champs d'OGM. Avec un peu de chance, les cultivateurs du coin auront déjà opéré leur transition vers une agriculture biologique malgré la suppression par Macron de l'aide au maintien de la bio… Si ça n'est pas le cas, c'est peut-être le moment de faire sortir le José Bové qui sommeille en vous et de vous ruer dans un champ de maïs estampillé Monsanto. On vous prévient, c'est pas comme ça que vous vous ferez des copains.

Voir aussi « gendarmes » en page 34.

oignon

Faites chanter l'ail, suer le poireau, rôtir l'oignon ! Que choucroutes, tripes et bouillabaisses embaument la cuisine ! Plus personne ne s'en plaindra, ni vos voisins, ni vous ! Maintenant que vous ne dormez plus à 2 mètres de vos plaques chauffantes, n'ayez plus peur de sentir le graillon de votre steak jusque dans votre tiroir à chaussettes. Fini les barbecues d'intérieur, le fumet de poisson qu'on renifle dès l'ascenseur. Votre cuisine est désormais aussi grande que l'était votre studio, en plus des fenêtres qui donnent sur les rosiers, une hotte aspire la graisse brûlée. Vous avez le droit de faire de la bouffe qui pue sans rougir ni jeter toute votre garde-robe !

pmu

À Paris, c'était VOTRE pmu. Vous étiez pote avec le patron, l'habitué qu'on appelait par son prénom, et vous n'étiez pas peu fier d'avoir votre petite adresse sans prétention, ça c'est parisien. Quand on vous apportait votre double noisette sans même que vous l'ayez demandé, vous pensiez maîtriser le *game*. Au café des sports sur la place du village, vous allez tout reprendre à zéro. Bienvenue dans un PMU, un vrai. Ici, ça fume encore, ça joue au Rapido, ça se marre, ça s'engueule, ça lève le poing parfois, et ça finit souvent en chanson. Avant d'apprendre les paroles de l'hymne du coin, vous allez devoir faire vos preuves. Personne pour vous apporter votre pastis, il faudra aller le chercher, mieux, le boire au comptoir et c'est le patron qui vous le servira triple ! De 4-21 en parties de tarot, à la force du coude, il deviendra votre petit bar.

pluie

Jusqu'à maintenant, la pluie, finalement, c'était surtout l'occasion de râler. On ne va pas se mentir, ça ne vous a jamais empêché de vous caler en terrasse au chaud sous les becs de gaz, ni d'aller faire du shopping, un cinoche ou une expo, au contraire même. Entre les couloirs du métro et votre parapluie en plastique recyclé assorti à vos baskets, lorsque vous mettiez le nez dehors, vous restiez plus ou moins au sec. À la campagne, en revanche, quand il flotte, il flotte ! À moins de faire de votre balade en forêt un bain de pluie aux vertus relaxantes, il va falloir vous faire à l'idée que la météo va dorénavant décider de vos activités et apprendre à vous occuper à la maison.

Voir aussi « météo » en page 46.

pyjama

Tenue faussement *chillax*, version flou-chic de vos réveils chiffonnés que vous feigniez de protéger sous votre long manteau, le pyjama est désormais proscrit dehors. Si à Paris vous imaginiez qu'on vous prendrait pour une Sienna Miller mal réveillée qui sortirait incognito faire ses courses, ici, vos cheveux foutraques et votre legging mou ne duperont personne. Vous passerez pour une cinglée qui a oublié de s'habiller, la folle du village ou pire encore, la parisienne irrespectueuse qui ne prend même pas la peine de bien se tenir. À la campagne, comme ailleurs, on s'habille pour aller acheter son pain. Il en va de votre réputation, et dans les petits bourgs elle a vite fait de vous condamner à vie. Il n'y a pas qu'à Paris qu'on range les gens dans des cases. Veillez donc à votre *street credibility*.

prune

La prune à Paris ne fait pas voyager. Elle vous cloue au trottoir. Elle fait mal, au porte-monnaie et à l'ego. À force de vider son compte en banque en offrant ses économies au Trésor public, de voir s'amonceler les enveloppes qu'on n'ose même plus ouvrir, on finit par en faire une affaire personnelle (et des cauchemars), de ces amendes exponentielles ! À la campagne, soufflez enfin, la prune ne vient plus des pervenches (automatisees) mais du voisin sympa qui vient vous souhaiter la bienvenue ! Le doux nectar pique un peu lui aussi mais vous enverra dans une autre dimension ô combien plus accueillante. L'occasion, aussi, de faire tomber les dernières barrières entre vous et vos nouveaux amis.

Voir aussi « ivre, il... » en page 38

qui va là ?!

Regarder *Faites entrer l'accusé* ne sera plus jamais anodin. À Paris, vous pouviez faire le malin à l'abri dans votre immeuble à digicode, entouré de voisins bruyants, vos fenêtres du 6e étage sur cour bien fermées. À la campagne, emmitouflé sous la couverture, le silence de la nuit est peuplé d'assassins. Le plancher craque, la chaudière siffle, t'as pas entendu des bruits de pas au grenier ? Vous jurez qu'une ombre a traversé le jardin et priez pour que ce soit un chat. Vous vous sentez seul et vulnérable. Vous êtes à deux doigts d'acheter un pistolet d'alarme ou un fusil de chasse. D'ailleurs ça pourra peut-être servir quand les citadins viendront piller votre potager après la fin du monde. Rendormez-vous, progressivement vous vous y ferez, vous vous rendrez compte qu'au village vous êtes les seuls à fermer votre porte à clé, ici on se fait confiance.

quinoa

Le super aliment bourré de protéines, sans gluten, rempli de manganèse, de fer, de magnésium et de vitamine B2, n'est plus que l'ombre de lui-même depuis qu'on le cuisine à toutes les sauces et sur toutes les tables. Le quinoa est même entré dans le langage courant des « anti-bobos » pour moquer vegan et autres flexitariens. Vous allez leur en boucher un coin en redécouvrant tout un tas de légumes et légumineuses oubliés qui poussent ici mieux que chez Naturalia et qui iront très bien avec votre bol de quinoa. Pourpier, cresson, topinambour, perilla bicolore, agastache, pâtisson, chicorée, blettes, lentilles de Crécy…

quechua

Sans vous en apercevoir, votre garde-robe se métamorphose. Vous abandonnez progressivement vos *sneakers* immaculées, cette veste APC qui faisait votre uniforme reste plus longtemps au placard que sur vos épaules, fini les jeans ajustés et les boots fuselées. Vous ne le réaliserez que trop tard, mais votre nouvelle tenue casual, CONFORTABLE, c'est maintenant une polaire Quechua de couleur indéterminée. Après tout, on s'en fout. Personne n'est en compète pour la *fashion week* dans le coin et vos panoplies d'avant (qui seront démodées) vous pourrez les ressortir pour aller boire des coups à Paris. La métamorphose s'achèvera le jour où vous et votre partenaire arborerez la même parka jaune poussin. Pour se faire voir des chasseurs, c'est PRATIQUE.

quadra

Si on vous avait dit il y a encore deux ans que vous achèteriez une baraque en Seine-et-Marne, planquée entre la halle médiévale du marché et les champs de maïs vous vous seriez bien marré. Vous vous cachez derrière le confinement pour justifier votre nouveau choix de vie, mais soyons honnête, les 40 piges approchent. Si ça n'est pas déjà fait. Sans s'en rendre compte on s'est rangé des bagnoles. Bien manger, boire du bon vin, bien dormir, recevoir ses potes et leurs enfants, depuis un moment, ça compte déjà un peu plus que s'agglutiner dans le dernier bar de nuit à la mode. Alors assumez, vous avez atteint l'âge de raison. Celui où l'on sait ce que l'on veut et ce dont on ne veut plus. Et vous, vous savez maintenant que vous serez bien à cultiver votre jardin.

rdv

Ça fait déjà un petit moment que vous avez du mal à caler une soirée avec vos potes. Même un café vite fait, c'est devenu compliqué. Depuis la fin du premier confinement, tout le monde est devenu *surbooké* (ou casanier) du jour au lendemain. Il faut un rétroplanning pour organiser sa vie sociale. C'est une des raisons de votre mise au vert d'ailleurs, plus besoin de rester à Paris si la fête est finie. Mais imaginez ce que ça va donner quand vous serez à 1 heure de train de votre bar de quartier ! Entre le boulot en distanciel, les grèves dans les transports, le jardin à entretenir et les dispos de vos potes, il vous faudra désormais une organisation militaire et un agenda bien tenu pour réussir à boire un verre à Paris.

route

Fini les couloirs du métro, l'odeur de pisse et de poussière. Les wagons bondés et les deux changements pour arriver en sueur au boulot. En vous installant à 80 kilomètres de Paris, vous pensiez sincèrement que vous alliez vous débarrasser de ces heures perdues dans les transports ? Ok, désormais le métro ce ne sera plus tous les jours, mais vous allez devoir mettre en place une nouvelle organisation. Passer votre permis, la campagne sans voiture c'est l'enfer. Connaître tous les itinéraires en évitant les bouchons. Apprendre à conduire sur des routes où se croisent à fond les ballons Xantia et Golf GTI, camionnettes et troupeaux de bêtes. Accepter de rester en seconde derrière les tracteurs. Et surtout avaler des kilomètres quand vous aurez raté le TER. Au fait, vous avez bien votre gilet jaune ?

resto

Le halloumi a envahi les salades, le yuzu ne réveille plus personne et la burrata ne vous fait plus voyager dans les Pouilles. Les marottes des cuistots appliquées à toutes les sauces selon la tendance du moment vous fatiguent. Vous voulez retrouver le goût des choses, une cuisine généreuse et sans chichis. Loin de la ville, vous serez servi. Le plat du jour du routier c'est, au choix, langue de bœuf ou tête de veau. Le seul accord met-boisson qui tienne ? Vin rouge-pâté et c'est tant mieux. Bonne fin de dégustation.

rumeur

Vous n'aurez pas encore ouvert la porte du camion de déménagement qu'on saura déjà qui vous êtes. Votre nom, votre histoire, votre job, le prix de la maison, tout, absolument tout sera connu de tous. Ici, pas de secret, vous vivrez à ciel ouvert. Tout le monde sait tout et on vous verra arriver de loin. Non pas que les voisins aiment les ragots, mais il ne se passe pas grand-chose dans le coin, et tout le monde se connaît. Le notaire est le cousin de l'agent immobilier, qui est l'ex-femme du boulanger, qui est pote avec le gars qui a refait la toiture, qui est le frère du maire. Vous n'aurez pas droit à l'anonymat, et ce que vous faites et dites sera répété, déformé et amplifié. Un peu comme en ville finalement, sauf qu'ici on n'oublie rien.

Donc pas de gaffes. Le moindre faux pas, la moindre blague douteuse peut vous coller à la peau pour un long moment.

Ça n'est pas non plus une raison pour vous planquer chez vous, si on ne vous voit pas, on aura vite fait de vous coller une réputation d'ermite mangeur d'enfants.

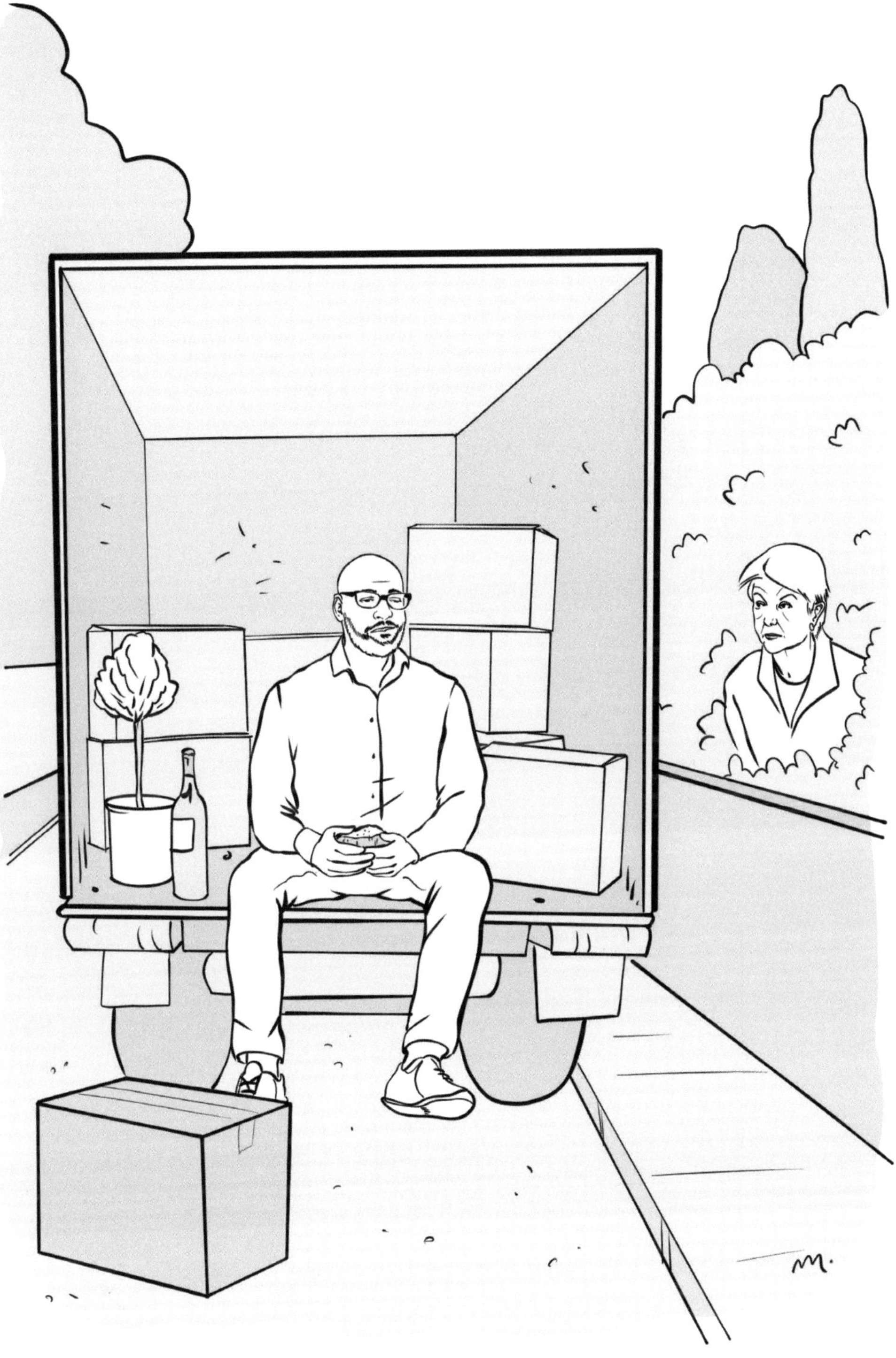

sieste

Faire la sieste en pleine semaine, vous n'y pensez pas. Enfin, si, vous y pensez presque tous les jours, mais ça ne se fait pas. En vacances c'est la tradition, mais au boulot, entre le dej et le *call* de 15 heures, hors de question de se faire surprendre à piquer du nez derrière votre écran, et encore moins dans l'espace détente aménagé entre la fontaine d'eau et le ficus. Chez vous, par contre, porté par la torpeur de la digestion, et à l'abri des regards grâce au scotch repositionné sur la webcam (on sait jamais, votre boss contrôle peut-être votre ordi), vous vous autorisez un roupillon quatre étoiles. Bouillotte, plaid, masque de sommeil, chaussettes de ski et le bruit des oiseaux pour vous bercer. Réglez bien votre alarme sur 30 minutes max. Un oubli et vous vous réveillerez 6 heures plus tard dans la même position, avec une centaine d'appels en absence.

s'enfuir

« S'enfuir dans un village pour en faire le centre du monde ». Vous n'avez pas piqué la citation à Jules Renard par hasard. Quitter le quotidien parisien, ça n'est pas seulement fuir le stress de la grande ville, les métros bondés et votre appart trop petit, sinon c'est à Nantes qu'on vous aurait retrouvé. Votre exfiltration au vert est l'occasion de mettre votre vie en cohérence avec vos idées. Sortir du consumérisme outrancier, renouer avec la nature vivante et nourrir votre âme d'autre chose que d'apéros en terrasse. Votre nouvelle maison est le temple de votre monde intérieur. La campagne sauvage qui l'entoure, le monde à sauver.

silence

Quelque chose a changé, imperceptible. Vous n'arrivez pas à mettre de mot sur ce sentiment étrange, vous restez sur vos gardes. Les jours passent, vous finissez par apprivoiser la menace qui flotte sur ce doux quotidien et vous enveloppe. Et puis voilà qu'il vous saute aux yeux : le silence ! C'était donc ça. Ce silence si peu familier à vos oreilles rompues au vacarme de la frénésie des villes, aux engueulades de trottoir, aux klaxons intempestifs, aux pétarades de deux roues débridées. Vous verrez, on s'habitue vite à ce nouveau luxe. On lui trouve des nuances, on en découvre les échos, celui du ululement de la chouette dans la nuit, du ronron lointain d'une tondeuse, du vent qui souffle et de la pluie qui tombe. Le calme est là, et il vous veut du bien. Et si un jour, il vous emmerde, alors ouvrez la fenêtre et criez à la lune : « C'est pas bientôt fini ce silence ! »

SUV

Non, toujours pas. Vous n'aurez toujours pas le respect de vos voisins en roulant en SUV. Même avec un peu de boue sur les jantes, personne n'est dupe, ce n'est pas un 4x4, on sait tous qu'à ce prix-là, jamais vous ne quitterez la route pour emprunter les chemins de traverse. Alors un bon conseil, en ville comme à la campagne, revendez ! Et avec les sous, investissez dans des vélos, ainsi qu'un mini-bus. Ça fera plaisir aux gamins, et vous vous rendrez même parfois utile pour les copains.

Pour les indécrottables du SUV, voir aussi « Kangoo » en page 42.

tomate

Manger sain et local. Enfin ! À Paris, on ne sait jamais vraiment si les fruits et légumes bio du supermarché le sont vraiment. On croit un peu plus en notre primeur, mais là c'est différent. Ce sont vos tomates. Elles viennent de votre jardin. La permaculture n'a plus de secrets pour vous. Pas de pesticides, pas d'engrais, que des cultures de saison. De la terre du coin, avec une vraie histoire, un vrai terroir, et c'est la certitude d'avoir les meilleures tomates de votre vie, celle des pique-niques de votre enfance. Après 4 mois de surveillance acharnée, 6 livres sur les potagers et 200 € d'équipement, c'est enfin l'heure de la récolte. Deux petites tomates à peine rouges que les pucerons n'ont pas dévorées. Ça valait le coup !

ter

Lignes H, J, K, L, N, P, R ou U, leurs horaires n'ont plus de secrets. Vous maîtrisez l'art de partir à la dernière minute et de l'avoir à la dernière seconde. Les villes défilent comme un refrain familier, les saisons passent à la fenêtre et vous offrent quelques dizaines de minutes d'évasion pour apprécier votre nouvelle vie, tout en frétillant de revenir (temporairement !) à la capitale.
Les motifs fluos des fauteuils sont devenus la toile de fond de vos aventures.
Fenêtre ou couloir, gauche à l'aller, droite au retour, vous avez votre place préférée lors de vos allers-retours, et gare à celui qui osera vous la prendre. C'est vrai mince, il y a toujours de la place, pourquoi il se met à MA place celui-là !

toiture

Elle a été refaite y'a pas longtemps, non ? En bon expert-amateur que vous êtes, vous savez que le toit, c'est LE premier truc à vérifier avant d'acheter. Vous avez des potes archis mais pas besoin d'eux pour l'expertise. Le faîtage est droit, pas de mérule dans les poutres, aucun arbre à l'horizon ne risque de s'effondrer lors de la prochaine tempête. Et il faut seulement démousser les tuiles tous les 2 ans. Ça c'est bien, c'est une affaire ! Si le toit est refait, alors tout est refait.
J'achète !

trouille

À chaque contrée ses traditions, chaque époque ses mythologies et ses monstres qui viennent hanter petits et grands. Le croque-mitaine, le père fouettard, la dame blanche, notre culture regorge de contes et légendes à faire frémir. La maison de campagne a aussi son fantôme. On préfère ne pas y penser, mais quoi qu'on fasse il nous file les jetons. Un vent froid souffle sur nos nuit paisibles, un frisson nous parcourt l'échine et nous réveille en sursaut. Il est là, tout près, qui nous attend. Bouh ! C'est la taxe foncière ! Habituez-vous à sa présence, préparez-vous à son arrivée, elle reviendra vous hanter tous les automnes.

U

urgences

Alors là, ça va être compliqué, parce que l'hôpital le plus proche ne l'est pas tant que ça. Le désert médical des campagnes s'accompagnant de la baisse des postes de soignants à l'hôpital, les seuls docteurs et infirmières dispos sont débordés. Ça fait 20 ans qu'on le sait, mais à vivre, ça fait tout drôle. Donc ne vous faites pas mal. Jamais !

Et puis Urgence… on se détend. Il faudra vous y faire, mais ici tout est fermé entre midi et 14 heures. Tout est fermé après 18 heures. Fini les restos à plus d'heure ou les épiceries ouvertes à minuit. Pas de courses, pas de dîner ! Et ne pressez pas, les gens se connaissent tous ici. C'est normal qu'ils se parlent pendant 20 minutes à la caisse alors que vous attendez derrière. On vous l'a dit, y'a pas d'urgences !

uber

Sans voiture, le seul qui pourra vous ramener chez vous tard le soir, c'est Hubert, votre nouvel ami, le copain du copain de la voisine. En ville, on peut rentrer en métro la moitié de la nuit, ou circuler en taxi à toute heure. Si on tient encore debout, on peut toujours rentrer à pied. La chaussée est goudronnée, éclairée, et on sort rarement à plus de 5 kilomètres de chez soi.

Ici, 30 kilomètres à pied, c'est loin. Si vous tentez tout de même l'aventure, méfiez-vous de vos vieilles habitudes. Ne coupez pas par les *Champs*, ne vous trompez pas de *Sentier*, ne vous plantez pas à *La Fourche* et vous retrouverez votre *Chemin Vert*.

Voir aussi « marais » en page 46.

ulla

Les fameuses affiches de bord d'autoroute qui ont fait basculer votre innocence d'enfant dans le monde mystérieux des adultes sont encore là. Il existe toujours, cet espace ambigu d'amours virtuelles sur-tarifées, dans lequel les géants du CAC 40 ont fait leur premier million, et les désœuvrés de l'amour ont trouvé un peu de chaleur. Coincées entre le portrait de candidats extrémistes et celles du cirque de passage, ces affiches n'ont presque pas changé. Leurs grosses typos colorées sur fond noir réactivent immédiatement toute la maladresse de vos fantasmes prépubères tandis que vos yeux restent rivés sur la route, l'air de rien.

ulysse

« Heureux qui comme Ulysse a fait un long voyage »… À la pause déj, vous avez quitté votre studio dans le XXe pour tailler la route jusqu'à la maison. Quelques heures de télétravail pour boucler la semaine au calme et prendre de l'avance sur le week-end. La météo annonce grand beau, parfait pour jardiner avant la réunion de mardi au bureau et les 40 ans de votre pote Théo jeudi. C'était il y a 3 mois, depuis, personne ne vous a revu. Votre boss reçoit vos mails, le boulot n'a jamais été aussi bien fait. Vous avez raté l'anniv de Théo, le pot de départ de Véro, le baptême de votre filleule. À Paris, tout le monde se demande ce que vous pouvez bien faire. Et puis un jour vous revoilà, barbu et musclé comme un bûcheron à montrer les photos de la nouvelle charpente de la dépendance, le jardin d'Eden qui pousse et la table design que vous avez soudée.

3615 ULLA
3615 ULLA
3615 ULLA
3615 ULLA
3615 ULLA
3615 ULLA

voisins

C'est peut-être une des plus grandes différences avec votre vie parisienne. Pas une révolution, mais probablement un choc. Ici, les voisins, on leur parle. Non seulement - vous l'aviez peut-être oublié - ça se fait de dire bonjour et de passer quelques minutes à tailler le bout de gras, mais si vous ne le faites pas, ça risque de jazzer dans les chaumières. Ici, tout le monde se connaît. Ne s'apprécie pas forcément mais l'entraide et la sympathie peuvent rapidement faire partie de votre quotidien. Et puis, il vaut mieux s'entendre avec eux, ils ont une tronçonneuse et plein de potes dans les environs. Au pire, si le courant ne passe pas, contrairement à la capitale, vous ne les entendrez pas ronfler à travers la cloison.

vache

Une vache rumine, paisible, sous un châtaignier centenaire. Le reste du troupeau s'est avachi à l'ombre de la haie. L'image d'épinal c'est sympa 5 minutes, mais soyez honnête, on commencerait pas à s'emmerder un peu ? Quand vous en aurez fini avec cet air béat du Parisien qui découvre la vie des champs, vous pourrez vous rendre compte qu' heureusement pour ceux qui ne vous ont pas attendu pour vivre ici, il y a à la campagne plein d'autres choses a voir ! Maisons d'artistes, centres d'art contemporains, châteaux, patrimoine industriel à explorer, parcs animaliers, bijoux d'architecture à visiter, musées en tout genre. Sans oublier les merveilles géologiques et forestières des plus dépaysantes. Le palais de Tokyo attendra, vous n'avez pas fini de faire le tour des expos du coin !

vélo

Oubliez le cargo, l'électrique de location ou le triporteur pour embarquer les gosses et les courses. Ici, le vélo, se prend au sérieux. Façon Indurain, le short cycliste moule paquet, les lunettes profilées et les chaussures crantées. Pour dérouler les bornes en danseuse sur du faux plat, il vous faudra l'équipement complet et les cuisses de compétition. Passé la petite couronne, pas de borne de charge, pas de pistes cyclables, pas de station de réparation. Vous serez livré à vous-même. De bon matin, quand vous partirez sur les chemins, ne confondez pas la douce bise avec le souffle que fera la vieille berline qui vous doublera à 110 sur la N7. Le vélo à la campagne, c'est pédale ou crève. À moins d'être un dingo échappé de Mad Max, vous attendrez d'être à Paris pour vous remettre à gueuler sur tout le monde en roulant à contre sens sur les pistes aménagées.

village

À Paname, votre village c'est votre arrondissement. Et plus précisemment les quatre rues dans lesquelles il y a tout, les commerçants, vos habitudes, quelques amis et vos repères. Ici le village ce sera en tout et pour tout quatre rues, qui feront votre nouvel univers. Il y a juste l'essentiel, une boulagerie, une boucherie, une place du marché et un troquet. Avec un peu de chance vous aurez en primo un bureau de poste et une pharmacie.
D'ici quelques temps, à force de voir arriver les Parisiens, il se peut que le village se métamorphose. Une micro brasserie, un fablab, une épicerie bio, mais aussi surtout une école qui rouvre et un médecin qui s'installe.

Wifi

C'est le point crucial, la pierre angulaire, la base de toute cette aventure. Votre départ ne pourra se faire, et votre projet tenir dans le temps, que si la connexion est bonne. Votre salut en dépend. Il vous faut de la fibre, du haut débit, de la grosse bande passante. Pas moyen de planter un projet en cours, de rater un appel ou d'attendre 174 heures pour télécharger une pièce jointe. Les journées de boulot doivent se passer sans accroc, hors de question de courir pour prendre le direct de 11h45 pour Paris en cas de coupure. Et les soirées doivent se dérouler en douceur. Quitte à moins sortir, autant s'assurer de n'être jamais en rade de séries. Donc première chose à vérifier, le raccordement au réseau !

Wifi

Quel pied, travailler depuis le jardin. À distance raisonnable, vous captez suffisamment pour enchaîner les *call* avec les collègues, tout en gardant un œil sur le potager qui s'épanouit. On ne peut pas faire plus *Feng Shui* que votre nouvelle config de *desk*. Et même si vous avez bétonné votre connexion, avec des répétiteurs d'ondes aux quatre coins de la maison et une clé 4G en cas de pépin, vous pourrez désormais vous payer le luxe de prétendre à une coupure réseau pour écourter les conversations trop longues. Plus besoin d'invoquer un prétendu tunnel sur la route ou une panne de batterie, on vous croira sur parole. Ça donnera même une toute petite occasion à vos collègues de critiquer cette nouvelle vie qu'ils n'ont pas (encore) eu l'audace de tenter.

Wifi

C'est le premier truc que vous avez vérifié en visitant la maison. Portable en main, tel un sourcier avec sa baguette, vous avez cherché le réseau, comptant les barres dans le coin de votre écran. Fébrile, vous avez demandé à plusieurs reprises à l'agent immobilier si la connexion était bonne, s'il y avait souvent des plantages. Vous avez retourné la Box plusieurs fois à la recherche d'une information cachée, comme si scruter le dessous du boîtier vous permettait d'accéder directement à la matrice et de vous connecter au serveur du boulot.

D'ailleurs, c'est le premier truc que vous avez installé en arrivant. Avant l'eau, le gaz ou l'électricité, votre transfert de ligne était déjà effectué. Vous avez même trouvé le coin idéal à l'abri du soleil et de l'humidité. Votre borne wifi, c'est votre précieux…

Wifi

Raaaah !

Y'a plus de wi-fi !

J'ai plus de wifi ! T'as du wifi, toi ?

C'est dingue on capte rien.

J'peux plus bosser, là.

Tu captes ?

Moi je capte plus.

Tu captes toi ?

Comment on fait !

Comment on va faire ?

Prends ton sac, on rentre à Paris.

xylophène

Vous avez trouvé beaucoup de charme à cette maison aux poutres apparentes, sa charpente vermoulue du XVIIIe a fini de conquérir votre âme de propriétaire. Ce que vous n'avez peut-être pas anticipé, c'est qu'une vieille bicoque c'est comme une bagnole d'occasion, ça demande beaucoup, beaucoup d'entretien et d'attention. Sinon, ça vous lâche sans crier gare. Et une charpente qui se casse la gueule, ça fait plus mal au portefeuille qu'une courroie de distribution. N'hésitez pas, avant d'acheter, à vous renseigner sur les petites bêtes qui pourraient grignoter le bois. Si c'est trop tard, il vous reste le xylophène pour sauver les meubles.

xanax

Jetez vos plaquettes, votre nouvel anxiolytique, si vous en avez encore besoin, c'est le jardin ! Des années qu'au gré de vos états d'âme ramollos vous papillonnez entre le divan d'un psy, la table d'une énergéticienne ou les ateliers de thérapie collective qui soit dit en passant ont bien entamé vos économies. Ça vous a sûrement évité le *burn out*, vous a réconcilié avec votre mère et vous a appris à dire merde à vos amis envahissants, mais depuis que vous passez vos pauses déj à tailler les rosiers vous avez enfin trouvé la paix. Ce qu'il vous manquait finalement pour bien dormir c'était peut-être ça : faire quelque chose de vos mains et laisser votre esprit en paix.

Voir aussi « jardin » en page 40.

xénophobie

En Parisien flamboyant que vous êtes, cela risque de vous surprendre, vous ne serez pas vu comme le messie en arrivant, mais plutôt comme l'étranger qui dérange. Vous ne venez pas de bien loin mais on vous regardera comme celui qu'on n'a pas invité et qui débarque de nulle part, avec ses drôles d'habitudes et son alimentation exotique. On vous appellera le Parisien, le parigot même. Tout ça n'est pas bien méchant. Simple réflexe de protection, petite pique visant à tester vos limites ou votre sens de l'humour. Après 2 ou 3 barbecues improvisés et quelques poignées de mains échangées, vous serez vite intégrés à votre nouvelle communauté. Par contre, ne tombez pas dans votre propre piège, et ne voyez pas d'un mauvais œil le prochain convoi de parigots qui débarquera dans votre village.

xxl

Ici, aux limites du monde connu, aux confins de l'Île-de-France, c'est un peu l'Amérique. Pas celle des starlettes et des flingues, quoique, mais celle de la démesure. Les grands espaces de votre conquête de l'Ouest sont traversés par des départementales longues comme la route 66. La voiture, la maison, le sous-sol, les tablées, les rayons du supermarché, le champ des possibles, tout vous paraît gigantesque comparé à Paris.

yéti

Loin de la grande ville, on élève un peu de tout, des vaches, des moutons, des chèvres, des poulets et même des insectes à manger en prévision du grand chaos climatique. Vous avez bien le droit de vous lancer dans l'élevage de poils. Pour les *aficionados* des peaux glabres, rassurez-vous, sur la place du village ou à domicile vous trouverez ici comme ailleurs une esthéticienne sympa et bavarde pour vous rappeler qu'il faut « souffrir pour être belle » (si l'épilation est l'un de vos critères bien sûr). Le bourreau de la victime consentante que vous êtes n'a pas d'autre choix que de tenir sa langue, elle connaît tous les culs des alentours et vous épargnera le récit des coquetteries de chacun si elle veut conserver ses clients.

yourte

Vous vous preniez pour les pros du retour aux sources, vous n'êtes que des petits joueurs ! Vous l'avez compris le week-end dernier en passant trois jours chez Laure, votre copine de fac. Elle et son mec vivent dans une yourte avec leurs deux enfants depuis trois ans. Toilettes sèches, récupérateur d'eau, panneaux solaires, potager, poulailler, trois chèvres et école à la maison pour les gamins, ils vivent en totale autonomie. Sur le principe vous trouvez ça génial. Trois jours à se prendre pour Robinson c'est sympa, mais vous assumez, pour vous la campagne c'est à la carte. Pas question de lâcher votre boulot ni de renoncer à la chasse d'eau. La ville, c'est aussi la civilisation et vous en avez besoin. Rassurez-vous, ça ne fait pas de vous un traître à la cause, même Cyril Dion est d'accord avec vous.

yoga

Au bureau, vous passiez la journée devant votre écran, péniblement installé sur un fauteuil à roulettes qui aurait mérité de prendre sa retraite depuis belle lurette. Vous aviez le dos en compote et les hanches en vrac. À la maison, c'est pareil, vous travaillez toujours 8 heures par jour, la chaise scandinave chinée à la brocante va très bien avec le tapis mais ne satisfait toujours pas vos lombaires. Ajoutez à ça les 2 heures passées la veille à désherber, vous ne passerez pas l'hiver ! C'est le moment de vous remettre au yoga. Plus besoin de vous agglutiner dans un sous-sol du Xe les mardis à 19 heures, vous avez aménagé la chambre d'amis (qui ne viennent pas si souvent que ça) en studio de yoga perso ! En plus de soigner votre dos, ça vous ouvrira quelques chakras pour taper la causette avec les arbres du jardin.

Voir aussi « arbre » en page 22.

youpi

On nous a longtemps vanté l'effet de ruissellement. Que les richesses qu'on accorde aux déjà trop riches finissent par éclabousser le peuple. Et puis on s'est tous rendu compte que cette mythologie du grand capital ne fonctionnait pas vraiment dans la réalité. Mais bonne nouvelle, un autre ruissellement s'apprête à jaillir sur vous et à inonder votre existence. Simple et évident, voilà le bonheur. Cette sensation profonde et durable qui rendra votre quotidien plus doux et fera de vous des bienheureux à la grande richesse… intérieure. Temps retrouvé, stress qui s'éloigne, sérénité au contact de la nature. Tout s'aligne et vous allez bien, pour longtemps. Youpi !

zad

Depuis que ce carré de terre est le vôtre, vous êtes déterminé à le défendre. Pas seulement votre lopin, toute la commune autour. On vous a accueilli à bras ouverts et vous avez depuis tissé des liens avec les autochtones qu'aucun projet industriel ne saurait défaire. Votre déco de récup' et votre potager à l'agonie ferait pâlir d'envie n'importe quel zadiste révolutionnaire. Le grand capital ne fera pas main basse sur votre *Eldorado*.
Qu'ils viennent tracer leur tronçon d'autoroute sous vos fenêtres, forer un puits de pétrole de schiste dans le champ de betteraves de la coop, et vous enfilerez votre plus beau bonnet péruvien pour gueuler un *No pasaran !* à faire trembler la compagnie de CRS la plus proche.

zinzinule

Après petrichor et zeugma c'est le dernier mot que vous avez appris en jouant au scrabble lors de vos interminables dimanches d'ennui (oui, ça arrivera, mais c'est bon pour la santé mentale). Avec tout ce nouveau vocabulaire, vous vous prenez maintenant pour le Bernard Pivot de ces lieux.
Pour info, zinzinule, c'est le chant de la mésange, et maintenant, vous savez le reconnaître dans la cacophonie que joue le bestiaire de votre jardin. Depuis que vous lui avez fabriqué un nichoir et qu'elle s'y est installée, elle est devenue votre nouvelle confidente, vous lui sifflez la symphonie tous les matins en espérant qu'elle vous réponde un jour.

zoo

Dans la grande ménagerie urbaine, chaque espèce a sa place et un rôle bien défini dans la hiérarchie. On y trouve, entre autres, le paon qui parade en habits flamboyants, le lion prêt à dévorer le plus faible, le taureau qui fonce dans la mêlée tête baissée, le mouton qui fait comme tout le monde ou le pigeon à qui l'on ferait croire n'importe quoi.
Au grand air vous ne serez pas en reste. La ménagerie déploie aussi toutes ses espèces d'animal social. Il y a toujours un âne et un dindon quelque part.
Et vous, dans ce nouvel univers, lequel serez-vous ? L'agneau, le coq ou le veau ?

zen

Enfin ! Vous avez affronté toutes les épreuves, les mauvaises surprises. Passé haut la main toutes les étapes qui vous ont mené jusqu'à votre petit paradis secret. Plus rien ne peut vous atteindre. Intégré, reposé, réparé, votre vie devient enfin douce et agréable. Équilibrée et sereine. Vous avez bien mérité un peu de repos, à l'abri du cerisier, dans le hamac, bercé par la douce brise du printemps. Profitez-en, dans exactement 4 minutes, une notification vous arrachera de votre torpeur pour vous ramener sur votre écran ! Aussi bien soit-on, maintenant la maison, il va falloir travailler pour la payer. Vivement la retraite !

guide pratique

Et maintenant, on fait comment ?

la fresque des paruraux

Le grand saut paruraux ne se fait pas en un jour. Que la décision naisse d'un coup de tête ou d'un coup de cœur, vous allez passer par des phases indispensables autant qu'incontournables pour espérer construire cette vie sur mesure. Voici non pas les douze travaux d'Hercule, l'aventure est trop douce, mais le chemin en dix étapes qui vous mènera au vert.

à l'étroit dans son salon, serré sur les terrasses

Vous vous sentez piégé entre les quatre murs de votre deux pièces. Bizarrement, avant le premier confinement vous n'aviez jamais remis en question l'étroitesse de cet espace dans lequel vous jetiez la moitié de votre salaire tous les mois. Normal, vous passiez alors votre vie dehors à vous entasser sous les becs de gaz des terrasses et à courir expos, concerts et bars de nuit. Depuis, les confinements successifs vous ont renvoyé cette vie sans horizon en plein visage. Vous cherchez désormais du sens ailleurs que dans les apéros qui s'éternisent devant des bières dans l'entre-soi d'une vie sociale qui ne vous suffit plus. De toute façon, plus grand monde ne sort et même les bars ont pris l'habitude de fermer avant minuit.

l'envie de prendre le large

Et si vous preniez un peu le large pour vous donner la chance et la place de faire autre chose de votre temps libre. Vous reconnecter à la nature, vous réensauvager même, n'ayons pas peur des mots. Finalement, lorsque le monde était à l'arrêt, c'est l'horizon qui vous a manqué. Les grands arbres et la sérénité des sous-bois que vous êtes allé chercher dès que Paris n'était plus bouclé. Alors pourquoi ne pas s'aventurer à la campagne, qui n'est pas si loin, pour vous assurer un quotidien plus sain et des prix plus doux ? C'est décidé, *tchao* Porte de Pantin !

télétravail... check !

La pandémie a obligé les entreprises à mettre en place le télétravail pour continuer à faire travailler leurs salariés. Des études ont même prouvé qu'ils étaient plus efficaces en charbonnant chez eux qu'en venant au bureau. Depuis le dernier déconfinement, la plupart des boîtes ont mis en place des accords télétravail pour encadrer cette nouvelle organisation. Avant de vous mettre un prêt sur le dos pour 25 ans, vérifiez les conditions de votre contrat. D'autant que les patrons sont de plus en plus pressés de voir revenir leurs ouailles derrières leurs bureaux. Faudrait pas vous retrouver à vous taper 4 heures de transport tous les jours pour aller bosser. C'est le moment de parler à votre boss.

bien choisir le périmètre des possibles

Prenez une carte de l'Île-de-France, au passage vous apprendrez le nom de ses départements, après 15 ans à Paris, il est temps. Munissez-vous d'un compas et tracez le périmètre qui vous permettra de prendre vos distances avec la ville sans vous empêcher de retrouver vos copains et vos collègues quand il le faudra. L'idéal est de combiner la recherche avec le réseau de transport francilien pour évaluer le temps que vous devrez passer dans le train. Sans oublier de prendre en compte le prix du mètre carré, ça ne sert à rien de viser dans le triangle d'or des Yvelines si votre salaire ne vous offre que la possibilité d'acheter une place de parking. Ça y est, vous avez fait votre choix parmi les grands espaces que promettent les quatre points cardinaux de la région ?

partir à la recherche de la maison idéale

Il va falloir avoir le nez fin, flairer les arnaques autant que débusquer la jolie pépite. Les moteurs de recherche immobilière seront vos meilleurs amis jusqu'à ce que vous trouviez votre nouvelle maison. Un conseil : soyez réactifs, on est nombreux sur la bête ces derniers mois. Les premières meulières sont parties l'année dernière, mais ne vous découragez pas, il y a encore de quoi faire à condition d'y mettre de l'énergie. Si vous avez des contacts dans l'immobilier, c'est le moment de faire marcher le bouche-à-oreille. Et puis enfin, voilà, c'est elle. Une maison de village planquée derrière l'église qui s'ouvre sur un grand jardin. Bingo ! Aucun travaux à faire, vous avez eu de la chance. Vous venez de faire votre offre, combien elle coûte déjà ?

vous doutez, c'est normal

Vous avez crié hourra quand la banque a décidé de vous suivre, bu un peu trop de champagne après avoir signé le compromis de vente et voilà que maintenant vous avez du mal à dormir à mesure que l'emménagement approche. On est d'accord, vous ne plaquez pas tout pour aller vivre dans la jungle amazonienne. Mais vous avez bien le droit de flipper un peu. Douter c'est aussi réfléchir et anticiper, ce qui n'est pas de trop quand on s'endette sur 25 ans pour une maison à presque 100 km de sa vie sociale et professionnelle. Est-ce qu'on ne va pas s'emmerder finalement en s'enterrant à la campagne ? Les copains auront-ils le courage de venir ? Et puis, la toiture, si finalement elle était infestée de mérule ? Si jamais on n'arrivait pas à payer les traites ? La taxe foncière c'est combien déjà ? Et le chauffage ?

convaincre la banque

Les taux n'ont jamais été aussi bas, on entend ça partout depuis 2 ans ! Alors oui, c'est vrai mais, ça ne veut pas dire que les banques la jouent *open bar*. Au contraire, les créanciers resserrent leurs exigences en regardant de plus près votre taux d'endettement. Soyez malins, facilitez-leur la tâche. Pour mettre toutes les chances de votre côté pour que ça passe, faites les fonds de tiroirs, allez pleurer chez mamie, et surtout allez-y mollo sur les restos le temps de rassurer votre conseillère bancaire. Un dossier de prêt, ça prend du temps, essayez de rester zen jusqu'à l'accord, ça ne sert à rien d'en faire des insomnies. Mais restez vigilant sur le bon déroulement des démarches, on n'est pas l'abri d'un retard ou d'un mauvais calcul qui pourrait laisser la maison de vos rêves vous passer sous le nez.

à vos cartons

On ne s'en rend pas compte, mais qu'est-ce qu'on entasse dans un studio ! Faites vos cartons, mais avant cela, décidez de ce que vous laisserez à Paris pour ne pas vous retrouver à poil les jours où vous y resterez pour le boulot. Pour la maison, à part de quoi faire dormir les copains qui viendront dès qu'ils pourront et faire à manger, ne vous précipitez pas pour meubler. Vous vous êtes satisfaits de pas grand-chose dans votre deux pièces durant des années, rappelez-vous en avant de remplir votre nouveau palace à tout prix. Pour le déménagement, faites simple, il y a un peu plus que cinq stations de métro entre les destinations. Si vous comptez sur les bras de vos potes, sachez qu'eux compteront sur vous pour les héberger une fois le dernier TER parti.

s'organiser

Vous venez de passer votre première nuit à la maison. Le petit déj dans le jardin, quel pied ! Mais voilà, vous devez déjà vous confronter à la réalité de cette nouvelle organisation. Pas le temps de vous poser, vous avez une réunion hyper importante cet aprem au bureau, direction la gare pour choper le TER. Durant le trajet vous en profitez pour caler un verre avec un copain en imaginant rentrer à la maison avec le dernier train. Après la reprise, vous vous êtes éternisé au bar, trop tard ! Ah ça commence ! Heureusement, vous avez la chance d'avoir votre pied -à-terre à deux pas. Vous avez bien pensé à prendre les clés, au cas où, mais pas de slip de rechange !

la vie au vert

Vous l'aviez fantasmée, espérée, préparée, enfin vous la vivez ! Votre nouvelle vie au vert est aussi douce que vous l'espériez. Quelques ajustements ont été nécessaires pour combiner rythme de travail, exigences professionnelles et habitudes parisiennes peut-être plus ancrées que vous ne l'aviez cru, mais le jeu en vaut la chandelle. Vous dormez comme un bienheureux, vous êtes content de vous mettre au boulot après votre petit-déj les pieds dans l'herbe. Et encore plus de vous lancer dans vos nouvelles activités de pré-quadra épanouis. Vous passez plus de temps le nez dans les tomates que collé à Netflix, votre salon est si grand que vous y avez installé un atelier de peinture et la forêt d'à côté vaut tous les spas pour vous régénérer.

et après ?

Dans la vie, rien n'est définitif. Bien installé dans cette nouvelle configuration équilibrée entre ville et campagne, vous pourriez avoir des regrets, ne serait-ce qu'une autre envie. Retourner vous installer à Paris qui vous manque, ou à l'inverse opter pour un choix de vie plus radical que les paruraux, et lâcher votre job pour monter une pépinière médicinale dans les gorges du Verdon. Gardez en tête que dans tous les cas, vous pourrez toujours revenir en arrière. Vendre la maison pour acheter un 55 m² à Paris, lâcher le studio du XXe pour acheter une grange à retaper.
Écoutez vos envies.

test

êtes-vous paruraux ?

Lâcher les terrasses, vous entourer d'un peu plus d'arbres que de copains, pousser les murs et vous mettre à la poterie. Troquer les Vélib crevés contre un abonnement TER, s'installer au vert pour prendre du recul avec la ville, retrouver le goût des bonnes choses et du grand air… Ça vous parle ? Ce livre vous en a donné envie ? Avant d'appeler votre banquier et d'envoyer un mail à votre boss, prenez deux minutes pour répondre à ce test élaboré scientifiquement afin de vous assurer que ce saut dans le vide ne finira pas en plongeon piqué.

Comment occupez-vous vos week-ends ?

🌙 Vendredi, vous avez votre table attitrée dans votre *after work* préféré. Samedi, vous restez sous la couette à enchaîner les séries avant de vous pomponner pour aller danser avec vos potes dans le dernier club à la mode. Dimanche, c'est brunch dans le Marais avant d'aller cuver votre gueule de bois de la veille à la Fondation Vuitton.

💧 Dès le vendredi soir, vous prenez le volant de votre van pour aller camper dans le Morvan. Votre hutte construite dans la broussaille il y a deux ans n'a jamais été découverte par les chasseurs et vous y retrouvez tous les week-ends votre attirail de survie.

✦ Il fait beau, le pass navigo vous amène en forêt de Fontainebleau. Une grande balade vous fait oublier votre appartement exsangue. Vous aurez le temps de rentrer à temps si un apéro s'improvise le samedi soir, et dimanche vous espérez terminer la lampe dont vous étudiez le tuto depuis 6 jours.

Comment avez-vous vécu les confinements en télétravail ?

✦ Enfin vous n'aviez plus à vous coltiner le résumé du Koh Lanta de la veille à la machine à café. Ravi de ne plus passer votre vie avec vos collègues, vous avez vécu le télétravail comme une libération. Vous êtes devenu tellement efficace que vous avez réussi à trouver le temps de faire du yoga et de remplir votre bibliothèque.

🌙 Vous avez compté les jours, inventé des réunions Skype avec vos collègues pour combler le vide de vos journées de travail en solitaire. D'ailleurs, quand le gouvernement a autorisé le retour progressif au bureau, vous étiez parmi les premiers à vous ruer à la machine à café pour vider votre sac sur l'enfer du confinement.

💧 Vous n'avez pas attendu la pandémie pour prendre vos distances avec cet univers toxique qu'est la vie de bureau. Votre job à la Défense vous l'aviez lâché il y a des années pour vous reconvertir en maraîcher urbain en rêvant de quitter la ville un jour.

Les animaux, vous les aimez…

🌙 saignants, ou à point. Dans votre assiette, c'est veau, vache et cochon. Mais en vacances, vous vous extasiez à chaque fois de redécouvrir dans les champs ce qu'il y a au menu toute l'année. Ils sont là pour vous servir, ou pour faire de jolis posters dans la chambre des enfants.

💧 plus que les êtres humains. Ils font partie du cercle universel de la vie. Leur valeur est précieuse, vous savez que vos semblables ne leur causent que souffrance. Vous avez le vôtre en totem et préféreriez voir décroître la population mondiale que s'éteindre la biodiversité.

✦ et vous les respectez. Vous faites de votre mieux en évitant de les consommer. Vous êtes conscient du péril qu'ils encourent et adaptez votre mode de vie en essayant de respecter le leur. Le lombric de votre compost vous en remercie.

Vos vacances idéales, vous les passez :

✦ En itinérance, à alterner les terrasses et les musées des grandes villes, les randos en montagne et les siestes au bord des rivières.

🌙 Vous avez déjà réservé deux semaines tout compris dans un hôtel quatre étoiles à Santorin. Comme tous les ans.

💧 En bivouac au bord d'un lac du Vercors. Trois semaines en totale autonomie à cueillir des baies et chasser le lapin que vous cuisinerez sur le feu de camp.

Pour vous, un bon dîner, c'est :

💧 Une soupe de fânes de carottes, rien ne se perd, que vous avalez avec le pain complet que vous avez fait vous-même, suivie de pommes cuites ramassées le week-end dernier dans le champ où vos copains ont planté leur yourte.

✦ Vous avez vos habitudes au resto du quartier, mais parfois vous vous motivez pour cuisiner un bon veau marengo à vos amis. Tout dépend de votre envie du moment.

🌙 Entrée plat dessert servi chez vous en moins de vingt minutes par un livreur essoufflé, comme tous les soirs. Hors de question de cuisiner, vous avez mieux à faire, et les moyens aussi.

Résultats

Majorité de ✦
Foncez ! Vous avez déjà tout des paruraux, ne manque plus que la maison à trouver et votre patron à rassurer.

Majorité de 🌙
La campagne et son rythme ne sont pas (encore) pour vous. Continuez à profiter de Paris, tant que c'est encore possible.

Majorité de 💧
Sautez la case des paruraux. Osez la Drome, l'Ardèche ou le Périgord, il y a encore de quoi y trouver un grand terrain pour planter une yourte et couper les ponts avec Paris.

à Paris...

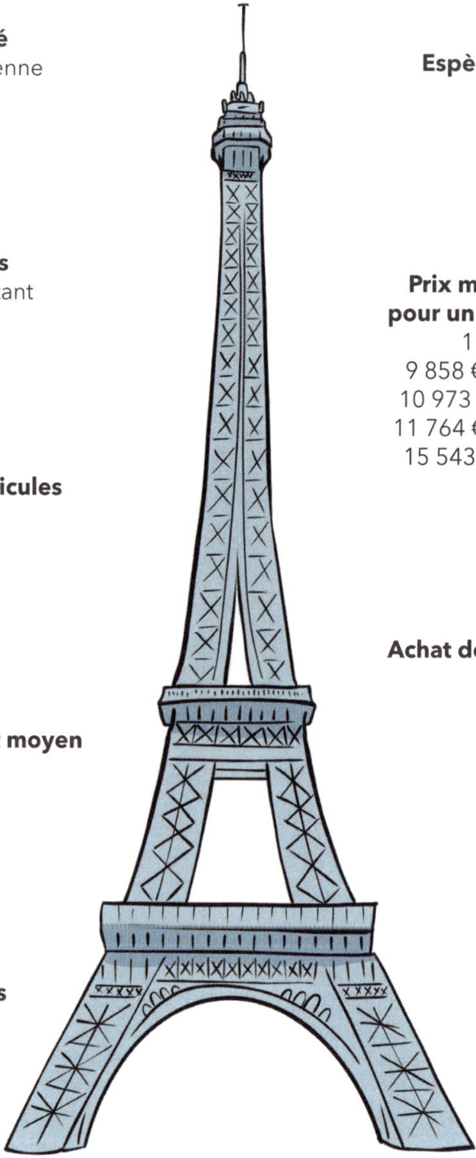

Prix du café
3,20 € en moyenne

Espèces d'oiseaux
60

Espaces verts
5,8 m² par habitant

Prix moyen du m² pour un appartement
11 226 €
9 858 € dans le XXe
10 973 € dans le XVe
11 764 € dans le XVIIe
15 543 € dans le VIe

Pollution aux particules dans l'air
20µ/m³

Achat de pesticides par an
31 668 kg

Salaire mensuel net moyen
3 921 €

Coût de la vie
8,8 % supérieur à la province

Taux de mortalité dû aux particules fines
18 %

au grand air...

Prix du café
1,50 € en moyenne

Espèces d'oiseaux
167

Espaces verts
Sans limite...

Pollution aux particules dans l'air
$13 \mu/m^3$

Prix moyen du m^2 pour une maison
1 709 € en Eure-et-Loir
2 157 € dans l'Oise
2 516 € en Seine-et-Marne
3 053 € en Essonne
3 243 € dans le Val-d'Oise
3 812 € dans les Yvelines

Salaire mensuel net moyen
2 696 € dans l'Essonne
2 528 € en Seine-et-Marne
2 304 € en Eure-et-Loir
2 291 € dans le Loiret

Taux de mortalité dû aux particules fines
11 % en Seine-et-Marne et dans l'Oise
13 % en Essonne
12 % dans les Yvelines
14 % dans le Val-d'Oise

Achat de pesticides par an
176 164 kg dans le Val-d'Oise
212 572 kg dans l'Essonne
218 143 kg dans les Yvelines
810 003 kg en Seine-et-Marne
1 296 448 kg en Eure-et-Loir

Sources : Insee, Générations futures, AirParif, Santé publique France, meilleursagents.com

carte aux trésors

L'Île-de-France ne se résume pas à des centres commerciaux démesurés et des bretelles d'autoroute. Elle rivalise avec Paris pour vous surprendre avec les richesses de son patrimoine. Culture, art, gastronomie, histoire et espaces naturels sont à découvrir aux 4 coins de la région.

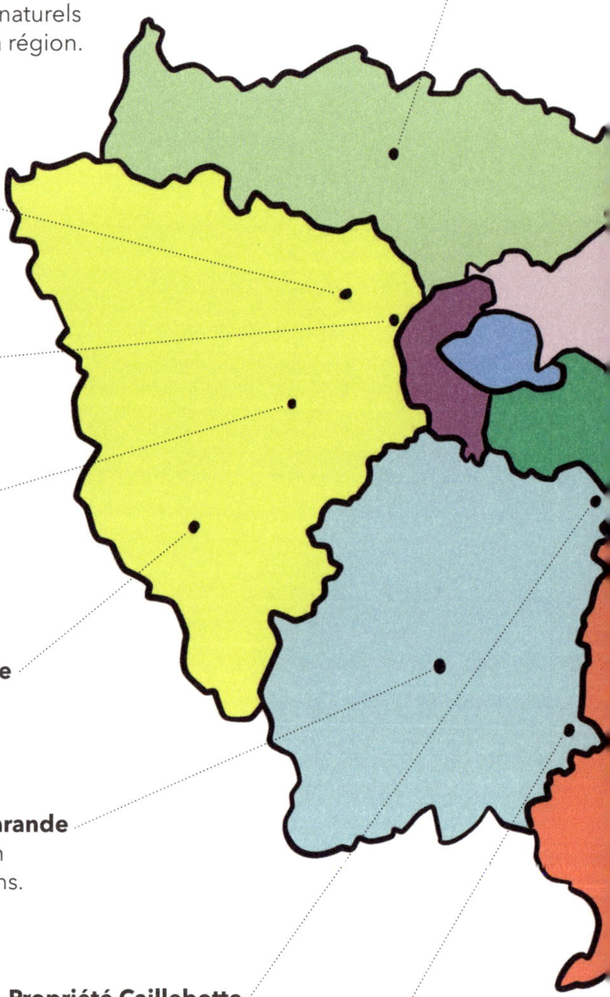

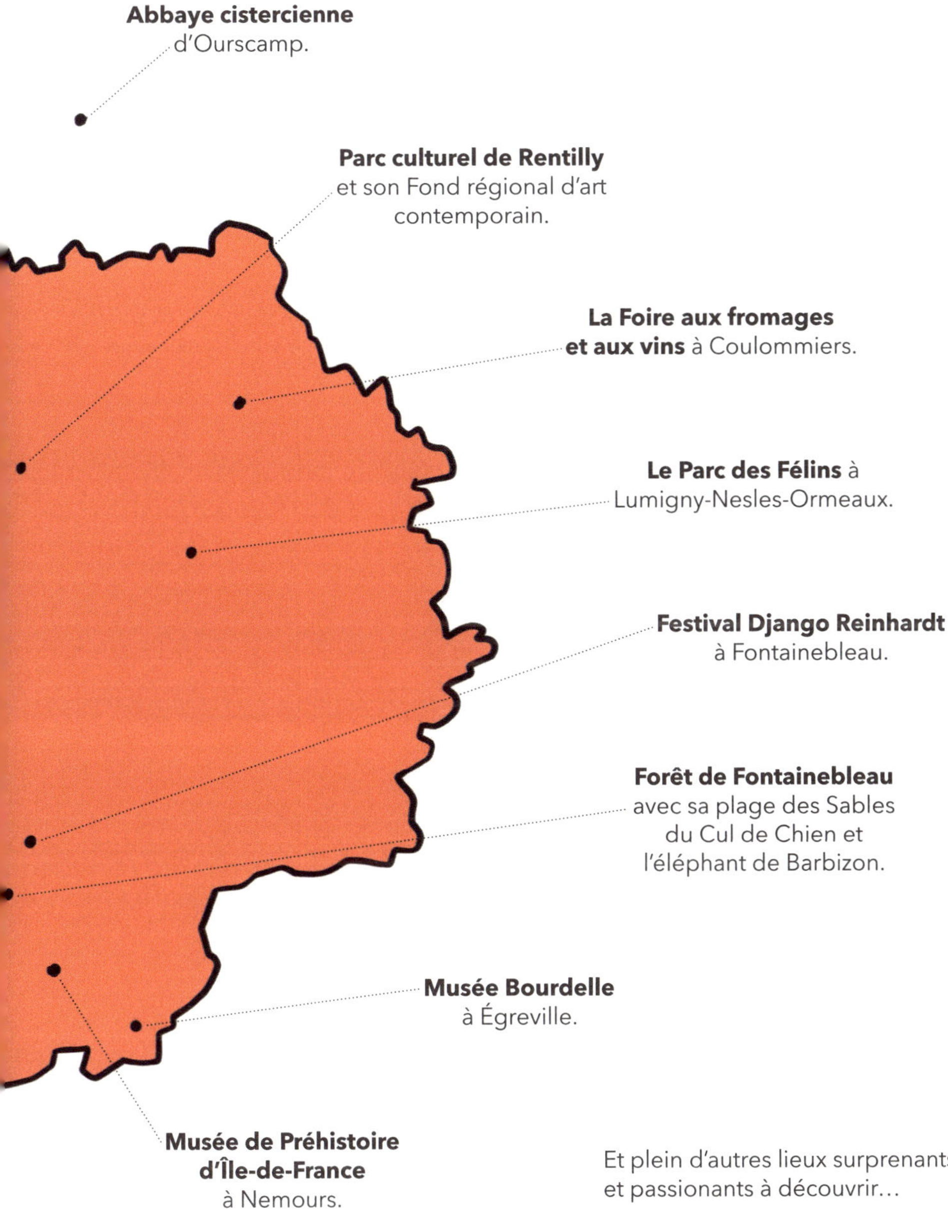

Et plein d'autres lieux surprenants et passionants à découvrir…

sur les internets

Avant de vous précipiter sur l'annonce immobilière qui vous a tapée dans l'œil, prenez le temps de vous renseigner sur le coin. Sa facilité d'accès, son dynamisme économique, la présence de services publics indispensables et même les éventuelles aides à l'emménagement dont vous pourriez bénéficier. L'état des sols, les risques environnementaux et industriels ne sont pas à sous-estimer, même à la campagne. Sans voir le mal partout, ces quelques précautions de base vous éviteront peut-être l'inondation de votre sous-sol, les fissures dans les murs ou pire, une intoxication aux métaux lourds.

Aide au départ
partirdeparis.fr
paris-jetequitte.com

Basol pollution des sols
georisques.gouv.fr/articles-risques/basol

Basias historiques activités insustrielles
georisques.gouv.fr/articles-risques/basias

Sur les Internets, il y a à boire et à manger, en immobilier aussi ! Du chalet pittoresque en zone inondable au château de maître bouffé par les vers, vous ne serez pas au bout de vos peines pour débusquer la pépite au bon rapport qualité-prix. Avant de foncer tête baissée, baladez-vous, perdez-vous en ligne et surtout comparez les offres, vérifiez les prix au mètre carré et exigez les diagnostics. Vous finirez par tomber sur le coup de cœur qui vous fera basculer chez les paruraux. Un conseil, dépêchez-vous quand même, vous n'êtes pas les seuls sur le coup.

paris.notaires.fr/fr/carte-des-prix
paruvendu.fr
Seloger.com
espaces atypiques.com
bienici.com
pap.fr
leBoncoin.fr
immobilier.lefigaro.fr
demeuresdecampagne.com
immo.trovit.fr
a-la-campagne-immobilier.com
...

le potager des paruraux

	Janvier	Février	Mars	Avril	Mai	Juin	Juillet	Août	Septembre	Octobre	Novembre	Décembre
Aubergine	Semis	Semis	Semis			Récolte	Récolte	Récolte				
Betterave				Semis	Semis	Récolte	Récolte	Récolte	Récolte	Récolte		
Carotte	Semis	Semis	Semis	Semis	Semis	Semis	Semis, Récolte	Récolte	Récolte	Récolte		
Chou			Semis, Récolte	Semis, Récolte	Semis, Récolte	Semis, Récolte	Récolte	Récolte	Récolte	Récolte	Récolte	Récolte
Chou-Fleur			Semis	Semis	Semis	Semis			Récolte	Récolte	Récolte	Récolte
Citrouille				Semis	Semis	Semis	Récolte	Récolte				
Courge				Semis	Semis	Semis	Récolte	Récolte	Récolte	Récolte	Récolte	
Courgette				Semis	Semis	Semis	Récolte	Récolte	Récolte	Récolte	Récolte	
Épinard	Récolte	Récolte	Récolte	Récolte				Semis	Semis	Semis, Récolte	Récolte	Récolte
Haricot				Semis	Semis	Semis	Récolte	Récolte	Récolte	Récolte		
Laitue	Semis	Semis	Semis	Semis, Récolte	Semis, Récolte	Semis, Récolte	Semis			Récolte		
Mache	Récolte	Récolte	Récolte				Semis	Semis	Semis, Récolte	Semis, Récolte	Récolte	Récolte
Navet			Semis	Semis	Semis, Récolte	Semis, Récolte	Semis, Récolte	Semis, Récolte	Semis, Récolte	Récolte	Récolte	Récolte
Oignon blanc			Récolte	Récolte	Récolte			Semis	Semis			
Poireau	Semis, Récolte	Semis, Récolte	Semis, Récolte	Semis	Semis	Récolte	Récolte	Récolte	Récolte	Récolte	Récolte	Récolte
Poivron		Semis	Semis	Semis			Récolte	Récolte	Récolte			
Potiron-potimarron			Semis	Semis	Semis				Récolte	Récolte	Récolte	Récolte
Radis	Semis	Semis	Semis, Récolte	Semis, Récolte	Semis, Récolte	Semis, Récolte	Semis, Récolte	Semis, Récolte	Semis, Récolte	Récolte	Récolte	
Tomate		Semis	Semis	Semis	Semis		Récolte	Récolte	Récolte	Récolte		
Pommes de terre		Plantation	Plantation	Plantation	Récolte	Récolte						
Échalotte			Semis	Semis			Récolte	Récolte				
Coriandre					Semis	Semis	Semis, Récolte	Récolte	Récolte	Récolte		
Camomille					Semis, Récolte	Semis, Récolte	Semis, Récolte	Récolte				
Oseille				Semis	Semis		Récolte	Récolte	Récolte	Récolte		
Thym	Récolte	Récolte	Plantation, Récolte	Plantation, Récolte	Récolte	Récolte	Récolte	Récolte	Plantation, Récolte	Plantation, Récolte	Récolte	Récolte
Romarin	Récolte	Récolte	Plantation, Récolte	Plantation, Récolte	Récolte	Récolte	Récolte	Récolte	Plantation, Récolte	Plantation, Récolte	Récolte	Récolte
Basilic			Semis	Semis, Plantation	Semis, Plantation	Récolte	Récolte	Récolte	Récolte	Récolte		
Ciboulette		Semis, Plantation	Semis, Plantation	Semis, Plantation	Récolte	Récolte	Récolte	Récolte	Récolte	Récolte	Récolte	Récolte
Estragon			Plantation	Plantation	Récolte	Récolte	Récolte	Récolte	Récolte	Récolte		
Menthe			Plantation	Plantation	Récolte	Récolte	Récolte	Récolte	Plantation, Récolte	Plantation, Récolte		
Persil	Récolte	Récolte	Semis	Semis	Récolte	Récolte	Récolte	Récolte	Semis, Récolte	Récolte	Récolte	Récolte
Sauge	Récolte	Récolte	Plantation, Récolte	Plantation, Récolte	Récolte	Récolte	Récolte	Récolte	Plantation, Récolte	Plantation, Récolte	Récolte	Récolte

Semis Plantation Récolte

pense-bête (relou) de la maison

Après des années de location sans autre responsabilité que celle de vous acquitter de votre loyer exorbitant et des charges annuelles de l'immeuble qu'on calculait à votre place, vous découvrez avec surprise et sueurs froides qu'entretenir sa maison est une obligation qui peut coûter cher. Pas de panique, voici de quoi vous organiser pour faire les choses dans les temps. Comme mettre un peu de côté avant que l'échéance de la taxe foncière ne vous plonge dans les abysses de l'interdit bancaire ou éviter que votre fosse septique ne transforme votre jardin en station d'épuration.

Travaux d'entretien obligatoires ou vivement conseillés

Le ramonage de votre cheminée est obligatoire sous peine d'une amende de 450 €. En général, deux ramonages par an sont nécessaires selon votre installation. Le nombre de ramonages par an est fixé dans le règlement sanitaire départemental à consulter en mairie ou à la préfecture. Pour le ramonage d'un conduit seul, comptez entre 40 et 80 € selon la région. À l'issue de l'intervention, un certificat de ramonage obligatoire vous sera délivré.

La vidange de la fosse septique s'effectue en moyenne tous les quatre ans ou plus régulièrement si le volume des boues atteint 50 % de la cuve. Le prix de l'intervention d'un professionnel est compris entre 200 et 400 €.

La révision de la toiture, selon son état et son ancienneté, doit s'effectuer tous les deux ans. Pour entretenir au mieux votre toit, un nettoyage annuel, voire un démoussage est conseillé. Comptez entre 10 et 15 € du mètre carré pour le nettoyage, 15 et 25 € du mètre carré pour un démoussage.

L'entretien de la chaudière à gaz doit être réalisé une fois par an par un professionnel agréé au tarif compris entre 110 et 250 € en moyenne. Une opération obligatoire qu'il est préférable de réaliser dès l'arrivée des beaux jours, lorsque votre système de chauffage est peu sollicité.

L'automne, la saison des taxes !

La taxe foncière dont le taux est voté chaque année en conseil municipal est calculée en fonction de la superficie de votre maison.

La taxe d'habitation dont le taux est voté chaque année en conseil municipal voire par l'intercommunalité est calculée en fonction de la superficie de votre maison. Des abattements progressifs selon vos revenus devraient mener selon la réforme en cours à sa suppression en 2023 pour les résidences principales.

La taxe d'enlèvement des ordures ménagères est toujours due en même temps que la taxe foncière. Elle est, elle aussi, calculée par les communes lors du conseil municipal ou par les intercommunalités et établissements publics mixtes.

Les paruraux

bibliographie

L'An 01, Gébé, éditions du Square, 1972.

Les Grands espaces, Catherine Meurisse, Dargaud, 2018.

Le retour à la terre, Tome 1, Jean-Yves Ferri et Manu Larcenet, Dargaud, 2010.

L'exode urbain, manifeste pour une ruralité positive, Claire Desmares-Poirrier, Terre vivante Editions, 2020.

La République bobo, Laure Watrin et Thomas Legrand, Stock, 2014.

La révolution que l'on attendait est arrivée, le réenchantement du territoire, Jean Viard, Éditions de l'Aube, 2021.

Manières d'être vivant : enquêtes sur la vie à travers nous, Baptiste Morizot, Actes Sud, 2020.

Adopte un parisien. Pourquoi ils quittent la ville. Pourquoi cela va transformer la France, Society, 18 novembre 2021.

Un pied en ville, un pied à la campagne : la vague des « bi-résidentiels » dans les régions françaises, Le Monde, par Isabelle Rey-Lefebvre, 4 juin 2021.
lemonde.fr/m-perso/article/2021/06/04/un-pied-en-ville-un-pied-a-la-campagne-grace-a-la-biresidentialite-le-meilleur-des-deux-mondes_6082900_4497916.html

Face au Covid, ces citadins qui font le choix de la campagne, Les Echos, par Jessica Berthereau, 16 octobre 2020.
lesechos.fr/weekend/perso/face-au-covid-19-ces-citadins-qui-font-le-choix-de-la-campagne-1256218

Quitter Paris : à la recherche de l'espace perdu, Le Parisien, par Alix Coutures, 17 juillet 2020.
leparisien.fr/societe/quitter-paris-loin-de-la-capitale-a-la-recherche-de-l-espace-perdu-17-07-2020-8354463.php

Île-de-France : La grande couronne prise d'assaut, Les Echos Investir, par Sandra Mathorel, 30 juin 2021.
investir.lesechos.fr/placements/immobilier/dossiers/immobilier-la-bi-residence-dynamise-les-villes-moyennes-et-la-campagne/ile-de-france-la-grande-couronne-prise-d-assaut-1969359.php

Immobilier : Les parisiens ont bien déserté Paris après le premier confinement, Le Parisien, par Aubin Laratte, 4 janvier 2021.
leparisien.fr/immobilier/immobilier-les-parisiens-quittent-paris-04-01-2021-8417190.php

Immobilier : Le boum des maisons de campagne en Ile-de-France et dans l'Oise, Le Parisien, par Anne-Laure Abraham, le 26 avril 2021.
leparisien.fr/immobilier/immobilier-le-boom-des-maisons-de-campagne-en-ile-de-france-et-dans-loise-26-04-2021-R2KNOKOOPVGJTE7XZ7UP5MOTJY.php

Après le Covid, vers un exode urbain ?, L'humanité, par Alexandre Fache, 8 mai 2021.
humanite.fr/apres-le-covid-vers-un-exode-urbain-706049

Jean Viard : La France est entrée dans un nouveau modèle spatial, La gazette des communes, par Romain Gaspar, 4 août 2021.
lagazettedescommunes.com/757304/jean-viard-la-france-est-entree-dans-un-nouveau-modele-spatial

remerciements

Les auteurs remercient tous ceux sans qui ce départ n'aurait pu être envisagé, ni ce livre imaginé.
Les spéculateurs immobiliers qui font monter les prix du mètre carré, les voisins bruyants qui donnent envie de s'éloigner, aux confinements pour le ralentissement qu'ils ont imposé, à l'esprit terrasse qui a bel et bien disparu depuis la reprise.
Mais aussi aux copains qu'on verra un peu moins mais beaucoup mieux, aux frérots dont la chambre les attend à la maison, à Axel, Solveig, Liv, Arthur, Joseph, Colette et Suzanne qui sont l'avenir, accrochez-vous !
À Camille, Éric et Rémy.
Et à Jean Jacques et Renée sans qui rien n'aurait été possible.

bio

Marion Kremp et **Michael Prigent** sont parisiens. Elle, née en Normandie, est journaliste au *Parisien* où elle écrit des portraits après y avoir labouré l'Île-de-France à la rencontre de ses habitants durant près de dix ans. Lui, né en banlieue parisienne, directeur artistique et dessinateur, est à l'origine de *The Parisianer*, projet d'illustrations sur la capitale et ses petits émerveillements du quotidien.

Tous deux sont des spécimens typiques de paruraux.

Heureux de leur vie parisienne mais frustrés de son étroitesse, habitués des terrasses mais démotivés depuis les énièmes couvre-feux, ils font partie de cette vague de déconfinés qui ont projeté leurs désirs de vie douce sur les paysages méconnus – mais pourtant si proches – que leur offrait l'Île-de-France. L'espace et le calme à moins de deux heures de Paris.

C'est en constatant, en 2021, qu'en s'éloignant de Paris, une fois de plus, ils faisaient tout comme tout le monde, qu'ils se sont dit qu'avec leurs semblables ils méritaient bien leur propre nom. Et soyons fous, aussi un livre avec des mots et des dessins dedans. Quitte à se moquer de tout le monde, autant commencer par soi-même.

À l'heure où vous lirez ces pages, ils seront peut-être en train de tondre la pelouse ou de mettre du bois de côté pour l'hiver. Mais ne vous y trompez pas, vous les apercevrez au moins une fois par semaine à leur terrasse parisienne préférée, comme si de rien n'était, avec pour les trahir juste un brin d'herbe dans les cheveux ou un peu de boue sur les chaussures.

Achevé d'imprimer en Espagne en avril 2022
Dépôt légal : juin 2022
ISBN : 978-2-37-964151-0
26-5671-7